망명의 늪

망명의 늪

초판 1쇄 인쇄 _ 2015년 3월 26일
초판 1쇄 발행 _ 2015년 4월 4일

지은이 _ 이병주

엮은이 _ 김윤식·김종회

펴낸곳 _ 바이북스
펴낸이 _ 윤옥초
책임편집 _ 이현숙
편집팀 _ 도은숙, 김태윤
책임디자인 _ 이민영
디자인팀 _ 이정은, 김미란

ISBN _ 978-89-92467-96-4 03810

등록 _ 2005. 7. 12 | 제 313-2005-000148호

서울시 영등포구 선유로49길 23 아이에스비즈타워2차 1005호
편집 02)333-0812 | 마케팅 02)333-9918 | 팩스 02)333-9960
이메일 postmaster@bybooks.co.kr
홈페이지 www.bybooks.co.kr

책값은 뒤표지에 있습니다.

책으로 아름다운 세상을 만드는 — 바이북스

이병주 소설

망명의 늪

김윤식·김종회 엮음

바이북스
ByBooks

일러두기

1. 연재 당시의 내용을 그대로 살리되 편집상의 오류를 바로잡고 기본 맞춤법은 오늘에 맞게 수정했다.
2. 인명·지명, 서명, 식물명 등은 원문의 것을 그대로 살리되, 독자의 이해를 위해 현대식으로 표기하거나 현대식 표기를 병기한 경우도 있다.

| 차례 |

망명의 늪

망명의 늪

장엄한 아침이란 것이 있다.

가령 나폴레옹의 아침 같은 것이다.

이슬을 촉촉이 머금은 베르사유의 로코코식 정원. 그 기하학적인 숲 사이를 이제 막 오른 태양이 황금빛 광채의 무늬를 놓는다. 그럴 때 하품마저 장엄한 기품을 띤다.

세인트헬레나라고 해서 사정이 달라질 건 없다. 하늘과 수평선이 안개빛으로 용해된 망망한 대서양의 아침이 장엄하지 않을 까닭이 없다. 롱우드의 동창이 밝아올 무렵이면 시복 마르샹이 도어 저편에서 나타나 정중한 최경례를 한다.

"폐하, 조찬을 드시겠습니까?"

그럴 때 기침마저 장중한 기품을 띤다.

그런데 나의 아침은 언제나 장엄하지 못하다. 숙취의 뒷날이거나 아내의 구박을 받는 악몽에 지친 뒷날이거나 하여간 궂은 일이 있던 뒷날이며, 다시 궂은 일이 시작되려는 갈림의 시점에 나의 아침은 있다. 이러한 아침이 장엄할 까닭이 없지 않은가.

그래도 내가 염세주의자와 다른 것은 언젠가는 장엄한 아침을 맞이할 수 있으리란 꿈을 잃지 않고 있기 때문이다. 호화롭고 아늑한 새털 침구에서 아슴푸레 땀이 밴 몸으로 일어나 유리창을 열어젖혀 맑은 공기를 마시곤 똥물이 튀겨오를 걱정이란 절대로 없는 수세식 변기에 왕자처럼 버티고 앉아 장엄하게 아침을 맞이할 날이 있고야 말 것이란 꿈으로 해서 나는 간혹 행복하기조차 하다.

만나는 대로 노인들에게 친절을 베풀고 있으면 어쩌다 하워드 휴즈 같은 사람에게 부딪혀 거액의 유산을 받을지 모를 일이고, 설혹 그런 횡재는 분에 넘친다 하더라도, 김일성이 자꾸만 간첩을 남파한다니까 간첩 한 놈쯤 붙들어 돈 백만 원을 수입하는 행운도 무망하진 않을 것이다.

간첩신고는 113.

뿐만 아니라 복권을 사는 재미가 또 있다. 누군가가 당첨해야 할 것이라면 내가 당첨된대서 조금도 우스운 일이 아니지 않은가.

이러한 꿈을 잃지 않고 있다고 해서 변소의 악취가 사라질 리는 없고, 튀겨오르는 똥물이 겁나지 않을 리 없다.

그날 아침도 나는 오만상을 찌푸리곤 궁둥이를 쳐든 자세로 변소 안에 앉아 있었다. 버릇대로 주인집에 온 신문을 살짝 실례해서 펴들었다. 탐탁스런 기사라곤 없었다.

무슨 장관이 무슨 얘기를 했다는 기사는 화성인이 무슨 성명을 발표했다는 정도의 실감도 없고, 금년도 상반기 은행 실적이란 것은 토성에서 회의가 열렸다는 얘기보다도 무의미하다.

이스라엘 특공대의 전격 작전 같은 얘기는 아무리 먼 곳의 얘기라도 그런 대로 신나긴 하는데 그런 일이 매일 일어날 까닭도 없다. 불량 식품이 범람하고 있다는 것은 돈벌이에 혈안이 된 악덕 상인의 흉측한 범죄행위이기에 앞서, 뭐건 배만 채우면 된다고 해서 초근목피도 사양하지 않았던 이조 이래의 사고방식 탓이란 점을 문제 삼아볼 만한 일이 아닐까. 그러나저러나 식품에 유독물질을 섞는 놈, 아동들의 급식용 빵에 돌가루를 섞는 놈 따위는 모조리 사형에 처해야 마땅하다. 권총을 마구 쏘아 한둘을 죽이는 살인범에겐 가혹한 법률이 돈을 벌 목적으로 수십만의 생명을 죽이려고 드는 놈들에게 관대한 것은 이해할 수가 없다……. 신문을 읽으며 그 정도로 흥분해보는 것도 오랜만의 일이다.

신문을 접으려는데 '하동욱'이란 이름이 눈에 띄었다.

하동욱! 알 만한 이름이다.

기사를 읽어보았다.

'검찰은 하동욱(52세)을 사기 혐의로 입건 구속했다. 피의자 하동욱은 S기술단에 용역을 맡아준다고 40만 원을 사취했다는 혐의를 받고 있다.'

한구석에 처박혀 있는 그 1단짜리의 기사가 어떻게 눈에 띄었을까. 자칫했더라면 놓칠 뻔했다는 의식으로 그 사실이 신기롭기까지 했다.

하동욱이라면 하인립 씨의 본명이다. 시인을 자처하는 하씨는 주로 필명인 하인립으로 행세해왔다. 하동욱이란 본명은 호적부나 주민등록부, 사업상의 공식 문서에나 기재되어 있을 뿐 햇빛에 바래지지 않은 이름이다.

'하인립 씨가 사기 혐의로 구속되었다? 그럴 리가 없지, 필시 동명이인일 게다.'

하면서도 나는 안절부절못하는 마음이 되었다. 하인립 씨를 만난 지가 오래되었다는 생각과, 구속된 사람이 바로 그 하인립 씨면 큰일이란 생각이 겹쳤다.

아내는 아직도 잠결에 있었다. 벌린 입 한쪽 언저리에서 흘러내린 침이 말라붙어 있다. 걷어찬 이불의 한 부분은 허연 허벅다리가 구겨 누르고 있다. 잠자는 얼굴은 이처럼 백치같이 어리석고 조용한데 잠을 깨기만 하면 여우처럼 교활하고 이리처럼 앙칼스러워지는 건 어떻게 된 까닭일까. 내게 생활을 지탱해낼 힘이 있기만 하다면 영원히 재워놓고 싶은 그런 여자다.

아내 머리맡에 있는 지갑에서 동전 서너 닢을 꺼냈다. 아내는 동전이 몇 닢쯤 들어 있는 지갑이면 언제든 내 손이 닿을 수 있는 곳에 둬둘 만큼 관대하다. 그 반면 조금이라도 부피가 있는 돈은 감쪽같이 어디엔지 감추어버린다. 물론 감추기 힘들 만한 부피의 돈이 있을 까닭이 없다.

나는 아내의 지갑에서 꺼낸 동전을 들고 밖으로 나왔다. 공중전화를 걸어볼 참이었다. 공중전화가 있는 곳으로 가려면 긴 골목을 빠져나가 한길로 나가서도 한참을 걸어야 한다.

7시가 가까운데도 거리엔 사람의 그림자가 드물었다. 이 근처의 사람들은 그만큼 게으르다고 할 수가 있다. 여름철의 가장 좋은 시간은 이른 아침의 이 무렵인데 이 근처 사람들은 그런 시간의 가치를 모르는 것이다.

공중전화가 있는 박스. 이 박스와 나와는 특별한 인연이 있다. 그런 만큼 항상 정답다. 조용히 들어서서 문을 닫고 송수화기를 집어들면 전 세계를 향해 호소할 수 있다는 그 가능으로 해서 가슴이 떨린다. 그리고 넓은 공간을 금그어 유리벽을 쌓아 성을 만들고 그 유리의 성 안에서 정다운 사람을 찾아 밀어를 주고받을 수 있다는 것은 이야말로 문명의 혜택이 아닐 수 없는 것이다.

나와 그 공중전화 박스와의 인연은 어느 겨울밤에 비롯되었다.

전날 밤 외박을 한 데다가 그날 밤도 얼근하게 취해 늦게야 돌아온 아내의 얼굴을 힐끔 훔쳐본 내 눈길이 약간 사나웠던 것이 화근이었다.

"왜 그런 눈으로 사람을 보죠."

코트를 벗어 내동댕이치며 아내는 앙칼스럽게 시작했다.

"계집 하나 못 먹여살리는 주제에 그래도 강짜는 있어갖구."

치마를 벗어 팽개치며 한 소리다.

"사람을 째려볼 밸이 있거들랑 계집 먹여살릴 궁리나 해봐요. 계집 먹여살릴 궁리도 채 못하겠거든 이녁 밥값이나 해봐요. 내가 외박한 게 못마땅하다 그거죠? 흥."

저고리를 벗고 경대 앞에 앉으며 아내는 언성을 높였다.

"당장 우리 헤어집시다. 귀밑머리 마주 푼 사이도 아니구, 당장요."

그렇게 하자고 응할 수 있는 처지라면 얼마나 좋을까. 그러나 나는 일시적인 기분을 사기 위해 위험을 범할 생각은 없다. 아무리 심한 폭풍우도 끝날 때가 있는 것이다.

아내는 내가 잠자코 있는 것이 못마땅한 모양이었다.

"왜 말을 하지 않죠? 내 말이 말 같지 않다, 그건가요?"

"……."

"모두들 나를 미친년이라고 해요. 지금이 어느 땐데 놈팽이를 기르고 있느냐는 거예요. 나이라도 젊었을 때 정신차리라는 거예요. 아아, 나도 미친년 노릇은 그만할래요."

"……."

"참말이에요. 우리 헤어집시다. 당신이 안 나간다면 내가 나갈 테니까. 아아 지긋지긋해."

그러고는 나를 향해 홱 돌아앉았다.

"어쩔 테요. 헤어질 테야? 어쩔 테야."

아내는 여느 때와는 달리 기어이 내게로부터 다짐을 받을 작정인가 보았다. 나는 어설프게 무슨 말을 했다가는 장차 곤란을 당하느니보다 이 밤만이라도 어디로 피할 궁리를 했다. 좀처럼 좋은 생각이 떠오르지 않았다.

아내의 욕설이 계속되었다.

"뭘 잘했다고 나를 째려보지? 내가 제 조강지천가? 도대체 넌 뭐란 말이냐. 내 피를 빨아먹는 거머리 같은 놈!"

드디어 최소한도의 경어도 벗겨버렸다.

"나를 요 모양 요 꼴로 만들려고 꼬셨지? 제가 무슨 사장이라구? 하기야 속은 내가 미친년이지."

그러나 내 쪽에서 아내를 꼬신 적은 없다. 사업에 실패한 나머지 죽고 싶다니까 청춘이 만 리 같은 사람이 그런 말을 하면 쓰느냐고 자기 편에서 나를 위로하려고 들었고 그 위로를 받고 있는 동안 우리는 어느덧 부부가 되어 있었다. 아내는 자기가 만든 나의 인상에 속은 셈이다. 아내는 나를 조금 도와주기만 하면 갱생할 사람으로 본 모양이지만 나는 한 가닥 요행을 바라는 꿈은 포기하지 않았어도 내 힘으로 어떻게 해볼 생각은 깡그리 포기하고 있는 터였다.

"우리 이쯤에서 헤어집시다. 이 이상 원수가 되기 전에요."

이때, 언뜻 내 뇌리를 스친 것이 있었다. 그 무렵 신설된 공중전화의 박스가 반들반들 유리빛으로 빛나며 내 뇌리에 자리를 잡았다.

'옳지, 그곳이면 하룻밤을 새울 수 있겠다.'

이런 작정과 더불어 배짱이 생겼다. 일어서서 방문을 박차고 나설 계기만 있으면 되게 되었다.

"흥, 네 물건에 홀딱 빠져 내가 널 놓지 않을 거란 배짱이 있는 모양이지만 어어럽시오. 나는 음탕에 미친 년은 아냐. 그만한 물건 가진 사내는 얼마든지 있어. 물건 좋구 돈 많은 사내두 얼마든지 있단 말야. 알겠어? 내일 헤어지는 거다아!"

취기와 신경질이 상승 작용을 하는 모양으로 아내는 못할 말 없이 뇌까리기 시작했다.

나는 마음에 여유가 생긴 터라 빙그레 웃었다. 이것이 또한 아내의 신경을 극도로 자극한 모양이다.

"네 ×에 자신이 있다 이 말야? 천만에, 이젠 질색이다. 난 음탕에 미친 년은 아녀, 절대로 아녀. 그렇게 자신이 있다면 음탕에 미친 과부년이나 찾아가면 될 것 아냐? 그런 년이 서울 장안에 우글우글하다는데 넌 그런 재간도 없냐? 어, 더러워, 더러워, 텟테테 텟테테……."

침 뱉는 시늉을 하고 있는 아내를 곁눈으로 보며 나는 내복을 입고 양말을 신었다. 그리고 일어서서 양복을 입었다.

아내는 순간 주춤하는 것 같더니,

"흥."

하고 경대 쪽으로 돌아앉았다. 통행금지 시간이 다 됐을 무렵이고 호주머니에 돈 한 푼 없는 놈이 가면 어딜 갈 거냐, 하는 마음의 움직임을 나는 아내의 등 너머로 읽었다.

"내게도 밸이 있다, 그 말씀이구랴? 잘 생각했어, 갈 테면 가봐."

나는 소매와 깃이 닳은 외투를 옷걸이에서 내려 입고 역시 낡은 목도리까지 목에 둘렀다.

그리고 문을 열고 밖으로 나왔다.

바깥 바람이 차가웠지만 아내의 입에서 내뿜은 욕설이 미지근한 온기에 섞여 꽉 차 있는 지옥을 벗어난 것이 우선 상쾌했다.

주인집 방엔 환히 불이 켜져 있었다. 주인 부부가 아내의 악담을 어떻게 들었는지 알 까닭이 없다. 하도 빈번하게 되풀이되는 것이라서 이미 호기심조차 마멸되어 있을지 몰랐다.

대문을 의식적으로 요란스럽게 여닫은 것은 아내가 뛰어나와 만류해 줄 것을 은근히 바랐던 것과 술에 취한 아내가 문단속하길 잊었을 경우, 주인이 나와 대문을 잠그라는 뜻이 겹쳐 있다.

긴 골목을 빠져나올 때까지 뒤쫓아오는 소린 없었다. 골목 어귀의 구멍가게가 이제 막 문을 닫으려는 찰나였다.

거기서 나는 담배와 성냥, 그리고 소주 두 병과 오징어 두 마리를 외상으로 사고, 가졌던 푼돈을 죄다 5원짜리 동전으로 바꿨다. 그만한 편리를 봐줄 수 있을 정도론 그 구멍가게에, 나와 아내의 신용은 있었다.

통행금지 시간이 지난 거리엔 사람의 그림자라곤 없었다. 나는 발소리를 죽이고 공중전화가 있는 곳으로 가서 감쪽같이 그 박스 안에 몸을 가눌 수가 있었다. 유리문을 닫으니 밀폐된 방이 되었다. 무릎을 안고 앉을 수 있을 만한 스페이스이기도 했다. 추운

날씨이긴 해도 바람막이가 있는 데다가 줄곧 마시고, 씹고, 담배를 피우고 있으니 견디지 못할 바는 아니었다.

경찰관이 지나는 듯한 눈치가 보이면 얼른 일어서서 전화를 거는 척했다. 급한 병자가 생겨 병원에 연락하는 중이라고 핑계를 꾸며댈 작정이었다. 그러나 다행하게도 그런 거짓말을 할 기회는 오지 않았다.

심야, 인적이 끊어진 거리의 공중전화 박스에서 세상을 내다보는 기분이란 약간의 추위쯤은 견디어낼 수 있는 보람과 같은 것을 지녔다.

줄잡아 6백만의 사람을 수면 속으로 봉쇄해버린 서울의 거대한 밤은 그것이 안은 다양한 꿈으로 해서 소화 불량을 일으켜 괴물의 어느 한 부분이 경련을 일으켜도 마땅한 일이 아닐까. 그래서 파열을 일으켜 피와 고름이 홍수처럼 흘러내려도 당연한 일이 아닐까. 이처럼 공중전화 박스 속에 있는 내 자신이 서울의 장부臟腑에 이상을 일으키고 있는 이질 분자가 아닌가. 만일 내게 저주의 의사와 악의의 발동이 있다면 서울의 장부에 급성 맹장염을 일으킬 수도 있는 것이다. 그러나 내겐 저주할 의사도 악의를 발동시킬 생각도 없다.

설혹 호화스런 육체의 향연이 저 어두운 창 너머에서 이루어지고 있다는 짐작을 했어도 내겐 질투할 정열조차 없다. 호사스런 무수한 잠이 서울 가득히 깔려 있는데 다리 한번 만족스럽게 펼 수 없는 옹색스런 잠을 청하고 있대도 나는 어느 한 사람 원망할 생각은 없다.

나는 이처럼 선량하기 짝이 없는 사람이다.

몇 시나 되었을까, 마지막 술방울을 삼켰다. 그런데도 취할 기색은 없다. 되레 6백만 서울 시민의 고민을 도맡아 할 수 있을 정도로 머리가 명석해졌다. 술이 끊어지길 기다렸다는 듯이 추위가 엄습해왔다. 아랫배에 힘을 넣으면 이빨이 달달 떨리고, 이빨이 떨지 않게 입을 가다듬으면 아랫도리가 떨렸다. 퍼져 앉은 궁둥이의 그 두꺼운 살을 통해서 창날처럼 예리한 한기가 등골을 찔러댔다.

나는 부득불 일어서지 않을 수 없었다. 그리고 되는 대로 다이얼을 돌렸다.

어두운 허공 속에 울리는 전화의 벨소리. 나는 그것이 울리고 있는 공간을 갖가지로 상상하면서 추위를 잊으려고 애썼다. 이제 막 살인을 끝낸 범행의 현장에 울리는 벨소리. 부부의 침실에 난입해서 정부를 가진 아내의 가슴을 써늘하게 하는 벨소리. 텅 빈 창고에 울려퍼져 쥐새끼들을 놀라게 하는 벨소리. 심야의 벨소린 선불리 수화기를 못 들게 하는 마력을 가지고 있다.

그러나 국제전화를 기다리고 있는 사람도 있을 것이 아닌가. 심야를 택해서만 주고받는 사랑의 전화도 있을 것이 아닌가. 좋은 번호일 수 있을 것이란 짐작으로 숫자를 엮어서 걸어봤지만 번번이 대답은 없다. 심야의 전화는 그처럼 겁이 나는 것이다. 나는 드디어 초조해지기 시작했다. 갑자기 사람의 소리가 듣고 싶어졌다. 수만 마일의 해저에 들어선 잠수부와 같은 심경이랄까.

여기에 내가 살아 있다는 신호와 더불어 그곳에서도 사람이 살고 있다는 확인을 하고 싶은 것이다. 깊은 해저에 나를 남겨두고 모선母船은 떠나버리지 않았을까 싶어졌을 때의 그 절망과 공포가 내 가슴을 에이었다.

나는 열심히 다이얼을 돌렸다. 드디어 반응이 있었다. 수화기를 드는 소리가 들렸다.

"누구시오."

하는 건 또렷또렷한 남자의 목소리였다. 나는 엉겁결에 말을 더듬었다.

"여, 여긴 바, 바다 속이올시다. 그곳은 김삿갓 씨 댁입니까?"

"미친 사람이군. 화장장에 예약 전화나 거시오."

하고 상대방은 전화를 끊었다.

이빨을 달달 떨면서도 나의 의식은 명석했다.

'그렇다, 나는 미친 사람이다.'

내가 미쳤다는 인식이 그처럼 고마울 수가 없었다. 나는 안심하고 미치기로 작정했다.

그래 전화국의 교환수를 불러냈다.

"국제전화를 하려는데요."

"국제전화를요?"

조금 사이를 두고 뭔가를 체크하는 듯하더니,

"어디에 거실 거죠?"

하는 말이 잇따랐다.

"미국 화이트하우스를 대주십시오. 미국 대통령과 얘길 하렵니다."

장난하지 말라는 퉁명스런 답이 돌아올 줄 알았는데 의외에도 미소가 묻어 있는 부드러운 말이 들렸다.

"미국 대통령도 여럿 있잖아요? 닉슨 씨도 있구, 케네디 씨도 있구, 링컨 씨도 있구. 누구랑 통화하실 거죠?"

"이왕이면 링컨 대통령을 불러주십시오."

구슬을 굴리는 듯한 웃음소리가 있더니,

"잠이 오질 않으신가 보죠?"

하는 말이 있었다.

"예, 그렇습니다. 잠이 오질 않습니다. 아니 잠을 잘 수가 없습니다."

"고민이 있으신 모양이죠?"

"아니 추워서 그렇습니다."

"거기가 어디죠?"

"여긴 공중전화 박스 안입니다."

"왜 그런 곳에 계시죠?"

"통행금지, 아니 집에서 쫓겨났어요."

"어머나, 추우실 텐데…… 빨리 집으로 돌아가세요."

"그럴 순 없습니다."

"경찰관을 만나면 사정을 말하시기로 하구요. 빨리 돌아가세요. 지금 1시 반예요. 통금이 해제되려면 아직 2시간 반이나 남았어요."

"그래도 난 여게서 견딜 작정입니다."

"안 돼요. 집으로 가세요. 부인께서도 걱정하고 계실 거예요."

"걱정함 여편네가 사내를 내쫓을까요?"

"부부 싸움은 칼로 물베기라고 하잖아요."

"천만에요. 우리 부부의 싸움은 남아연방의 흑백인 싸움과 같은 걸요."

"그러시질 말고 빨리 집으로 가세요. 그럼 전화 끊겠어요."

천사의 말은 끝났다. 그러나 그 부드러운 입김과 여운은 남았다. 추위를 견디어낼 용기가 솟았다. 이 세상에 천사가 존재한다는 사실을 안 것은 얼마나 다행한 일일까. 광석 속에 다이아몬드가 있듯이 사람 가운데 천사가 있다는 인식의 그 고마움!

그 고마움은 영감과 같았다. 그 영감으로 해서 나는 통금시간의 해제와 더불어 걷기 시작해선 남산 꼭대기에 올랐다. 내 일생 단 한 번 장엄한 아침이 될 뻔한 그 아침을 나는 통곡을 터뜨림으로써 망쳐버렸다.

그러한 인연으로 친숙하게 된 그 전화박스 속으로 들어섰다. 전화번호가 적힌 수첩을 들고 나왔으나 수첩을 보지 않고도 나는 하인립 씨의 전화번호를 외우고 있다.

다이얼을 돌렸다. 벨만 울리고 사람은 나오지 않았다. 끊었다가 걸었다가를 몇 번이고 되풀이했다. 드디어 잠에 취한 사나이의 목소리가 들렸다.

"니귀슈."

분명히 하인립 씨의 음성은 아니다.

"하인립 씨 계십니까."

"하 뭐라구요?"

"거기 하인립 씨 댁이 아닙니까?"

"아닙니다."

하고 전화는 딸깍 끊어졌다.

수첩을 꺼내 확인을 하곤 다이얼 하나하나를 침착하게 돌렸다.

나온 사람은 역시 아까의 그 사람이었다. 대강의 사정이라도 물으려는데,

"왜 이래요, 아침부터 재수 없게시리."

하는 퉁명스런 소리가 이편의 말문을 막았다.

하인립 씨의 근황을 알 만한 사람을 찾아 물어보아도 모두들 모른다는 답이 돌아왔다. 구속된 하동욱이 동명이인이란 걸 전화로써 확인해보려는 희망은 좌절되고 말았다.

하인립 씨가 돈 40만 원을 사기할 만큼 몰락했다고는 도저히 믿어지지 않았고, 믿고 싶지도 않았다. 그런 만큼 불안하기 짝이 없었다.

나는 하인립 씨에게 이만저만한 신세를 진 처지가 아니다. 몇 차례에 걸쳐 천만 원 가까운 돈을 빌려쓰고도 끝끝내 사업에 실패한 나는 면목이 없어서 그를 피하며 살았다. 그러니까 2년 전에

만나 살게 된 아내는 그런 사연을 모른다.

아침 밥상을 물리고 나는 아내의 눈치를 살피며 말했다.

"오늘 돈이 천 원쯤 필요한데."

아내는 힐끗 나를 보았을 뿐 대답이 없었다.

"오늘 은인을 찾아봐야 할 사정이 생겼어."

"은인? 은인이라니 누구요?"

"하인립 씨란 분야."

"생전 들먹여보지도 않던 이름인데 난데없이 은인은 또 뭐요?"

거짓말하지 말라는 표정이 아내의 얼굴 위에 나타났다.

"인간의 신의상 중대한 문제야."

"신의? 여편네에게 얹혀사는 주제에 신의?"

아침부터 다투기가 싫었다. 나는 걸어서라도 신촌에 있는 하인립 씨의 집을 찾아갈 작정을 하고 옷을 주워입고 방에서 나와 신을 신었다. 신을 신고 있는 머리 위로 천 원짜리 한 장이 날아와 축대 위에 굴렀다. 나는 그것을 주워 호주머니에 넣었다. 비굴하다는 말이 내 사전에서 지워진 지 이미 오래된 일이다.

3년 전 하인립 씨의 집이었던 대문 위엔 다른 사람의 문패가 걸려 있었다. 주인을 찾았더니 분명 전화에서 들은 목소리의 사나이가 나타났다. 2년 전에 그 집으로 이사를 왔다는 것이며 하인립 씨가 어디로 이사를 갔는지 어떻게 알겠느냐고 대뜸 시비조가 되었다.

되돌아오는 길에 어느 다방엘 들렀다. 금년 초에 발행된 전화

부를 뒤져보았다. 하인립이란 이름도 없고 하동욱이란 이름도 없었다. 이때까진 80퍼센트쯤 동명이인일 것이고 20퍼센트쯤은 하인립 본인일 것이란 짐작이 반대의 비율이 되었다.

나는 하인립 씨와 친교가 있다는 김장길 변호사를 상기했다. 광화문에 있는 그의 변호사 사무실로 달려갔다.

이제 막 출근했다는 김장길 변호사는 내게서 얘길 듣자 근심스러운 얼굴이 되었다. 그리고,

"하 군이 그럴 까닭이 없을 텐데, 아무래도 동명이인일 거요."
하면서도 사무원을 검찰청으로 보냈다.

"만일 하인립 씨가 그런 처지라면 영감님이 맡아주셔야 하지 않겠습니까."
했더니 김장길 변호사는 말했다.

"물론이죠. 설사 그게 하 군이더라도 오해일 겁니다. 하 군이 사기를 하다니 될 말입니까."

사건의 진상은 다음과 같았다.

3달 전 어느 날 권權이라고 하는 고향의 후배가 신申이라고 하는 사람을 데리고 하인립 씨를 찾아왔다.

사업의 실패로 셋방살이에까지 몰락한 하인립 씨는 만년을 시인으로 지낼 작정으로 시작에 전념하고 있었다. 그런데 간혹 찾아온 후배 권에게,

"시집을 낼 만한 돈이 있을 땐 시가 없었고, 시집이 될 만큼 시

가 모이고보니 시집을 만들 돈이 없어졌다."
는 한탄을 했다.

하인립 씨를 아끼고 존경하는 권은 어떻게 해서라도 선배의 시집을 내고 싶었다. 그래서 기술단의 사장을 하고 있는 신씨에게 하인립 씨의 시집을 출판할 비용을 대주는 친절을 베풀면 하인립 씨의 친지 가운덴 높은 벼슬을 하고 있는 사람이 많으니 사업상 도움이 되지 않겠느냐는 얘길 했다. 그 얘길 듣고 신씨가 살펴본 결과 하인립 씨가 현직 모 고관과 대단히 친한 사이라는 것을 알았다. 신씨의 사업이 바로 그 고관이 관장하고 있는 부서와 밀접한 관계에 있기도 했다.

신씨가 권을 데리고 하인립 씨를 방문한 건 그런 속셈이었는데 첫 대면엔 일체 그 속셈을 드러내지 않고,

"권 군의 얘기를 듣고 감동한 나머지 시집을 내시는 데 도움이 되지 않을까 하고 가져왔다."
면서 30만 원을 내놓았다.

하인립 씨는 물론 사양했다. 그러자 권이 순수한 호의를 왜 받지 않으시냐고 말을 보탰다.

"꼭 뭣하시면 제가 드리는 것으로 알면 될 게 아닙니까."
하고 돈이 든 봉투를 권이 집어들고 하인립 씨 앞에 밀어놓았다.

이런 일이 있고 2주일쯤 지나서 또 신과 권이 찾아왔다. 그날은 하인립 씨의 생일 하루 전이었다. 그때 생일 축하의 뜻이라면서 또 신이 권의 손을 통해 10만 원의 수표가 든 봉투를 꺼내놓았다.

"내가 생일 축하를 당신들로부터 받을 하등의 이유가 없다."
면서 이번엔 더욱 강하게 사양했다.

그러나 그들은 억지로 그 봉투를 던져놓고 가버렸다.

그리고 또 2주일쯤 지났다. 이번엔 신이 혼자 찾아왔다. 세상 돌아가는 얘기가 나온 끝에 신이 말했다.

"내가 하는 사업은 토지를 측량하는 용역을 주로 합니다. 금번 영남의 모 도시 근처의 그린벨트 설정을 한다는데 마침 선생께선 K 장관을 잘 아시지 않습니까. 누가 해도 해야 할 일이고 우리 기술단은 우수하다고 세평이 나 있을 정도이고 하니 한마디만 거들어주시면 밑에선 다 되게 돼 있습니다."

전날의 호의 표시도 있었던 터라, 하인립 씨는 거절할 수가 없었다. 그만큼 마음이 약한 탓도 있었다.

"될지, 안 될지 책임을 질 수는 없는 일이니까 결과에 대해선 구애 않기로 한다면 말만은 해보죠."

"그런 정도면 좋습니다."

"관청 일이니까 우리들로선 짐작 못할 사정이 있을 것이니 꼭 될 거라는 기대는 하지 마십시오."
하고 하인립 씨는 못을 박기도 했다.

며칠 후 하인립 씨는 장관을 만나 얘길 했더니 그건 현지의 책임자가 알아서 할 일이란 답이 나왔다. 때마침 그 현지의 책임자가 서울에 출장 중이란 소식을 듣고 하인립 씨는 직접 그 책임자를 만나 얘길 해보았다. 현지의 책임자는 갖가지 이유를 들어 신씨의 기술단에게 용역을 줄 수 없다는 뜻을 밝혔다.

하인립 씨는 그대로 신씨에게 알렸다. 그 자리에서 신씨는 전라도에도 그런 일이 있는데 어떻겠느냐고 말했다. 장관과 현지 책임자의 얘기를 듣고 용역 관계의 일이 여간 델리킷한 것이 아니란 사실을 안 하인립 씨는 즉석에서 거절했다.

그런 일이 있고 2주일쯤 지나서다. 하인립 씨 앞으로 내용 증명으로 된 편지가 날아들었다. 용역을 맡아준다고 하고 받은 돈 40만 원을 즉시 갚지 않으면 고발하겠다는 내용의 신으로부터 온 편지였다.

빚투성이가 돼 있는 하인립 씨가 그 돈을 간수해두었을 리가 없었다. 당황한 그는 백방으로 돈을 모으려고 서두는 한편 권 군을 찾았으나 권은 고향에 내려가고 없었다. 차일피일하는 동안에 열흘이 지났다.

하인립 씨는 검찰의 소환을 받았다.

"돈 받은 일이 있느냐."

"있다."

"무슨 명목으로 받았나."

"시집을 내는 데 돕겠다고 해서 받았고, 생일 축하의 뜻으로 받았다."

"시집은 냈느냐."

"안 냈다."

"그럼 결국 용역을 맡아주겠다고 받은 것이나 다름이 없지 않느냐."

"결과적으로 그렇게 되었다."

"용역 관계로 관계자들에게 부탁을 했느냐."

"했지만 거절당했다."

이런 내용의 심문 조서가 꾸며졌다.

용역을 맡아준다고 해서 돈을 받고 용역을 맡아 주지 않았으니 사기죄에 해당되고, 관청에 드나들며 업자의 이권 운동을 대신했으니 변호사법 위반죄에 걸린다는 것으로 구속영장이 발부되어 하인립 씨는 구속당하게 된 것이다.

"세상에 그처럼 어리석은 사람이 어디에 있단 말인가."

하고 김장길 변호사는 투덜댔다.

"어디까지나 시집의 출판을 위해서 받고 생일 축하로 받았다고 우겨댈 일이지 결과적으로 그렇게 되었다고 자인할 필요가 어디에 있단 말인가. 그런 자인만 안 해도 사기죄가 성립될 까닭이 없는 것인데 말야. 그리고 또 관계 당국자에게 부탁을 했다는 말은 왜 하는 거야. 안 했다고 부인하면 변호사법 위반이 될 까닭도 없거든. 법률 상식이 이렇게 없어갖고야. 그보다도 그렇게 순진해서야."

김장길 변호사의 얘길 듣고보니 정말 어이가 없었다.

철망 저편에 하인립 씨의 수척한 얼굴이 있었다. 나는 할 말을 잃었다.

"자네의 끔찍한 불행이 있은 뒤 백방으로 찾았는데……."

위로의 말이 저편으로부터 왔다.

나는 몸둘 바를 알지 못했다.

"제가 무슨 사람입니까."

"무슨 그런 소릴 해. 모두 돈에 짓밟힌 것 아닌가. 돈에 짓밟혀 사람 구실을 못한다면 그건 완전한 패배다."

"전 완전한 패배잡니다."

"그런 쓸데없는 소릴 하러 나를 찾아왔나?"

나는 숙인 고개를 다시 들었다.

"선생님은 왜 서둘러 자기를 불리하게 합니까."

"난 그런 일 없어."

"돈 받은 이유가 틀리지 않습니까."

"결과적으로 그렇게 된 것을 어떻게 하나. 모두 궁한 탓이다. 이 세상엔 궁한 것 이상으로 큰 죄는 없어. 그러니 그런 말은 그만하자."

"그 신가라는 녀석, 나는 할 일도 없구, 밖에 있으나 여게 있으나 산송장인 것은 마찬가지니 그 자식을 찾아 두들겨줄랍니다."

"그 사람이 나쁜 것 아니다. 나쁜 건 나다, 나."

"그러나 그놈이 한 짓은……."

"아니라니까. 사업가는 모두 그런 거다. 자네나 내가 사업가로서 성공하지 못한 까닭은 그 신가 같은 사람이 되지 못한 데가 있는 것 아닌가."

"……."

"그러니 너나 나나 사업가를 욕할 순 없어. 우리도 사업가가 되려고 했던 사람들이니까. 실패한 자가 성공한 자를 욕하는 건 비겁해. 우리는 입이 백 개가 있어도 성공한 사업가를 욕하지 못한다."

"그보다도 재판에선 정당하게 주장을 하십시오. 권이란 증인을 부를 모양입니다. 권은 대단히 흥분해 갖고 신을 만나기만 하면 박살을 낼 거라고 합니다."

"하여간 나는 몇 년 징역을 살망정 내 자신을 속이진 않을 참이다. 여게 와보고서야 처음으로 세상을 알았다. 이 속엔 모두 돈에 짓밟힌 사람들만 들어 있다. 돈에 짓밟히면 사람이 어떻게 되는가를 가장 잘 보여주는 곳이 이곳이다. 어느 작가가 이곳을 아카데미라고 했더라만 그건 비유가 아니고 바로 실상이다."

"그만."
하는 간수의 명령이 있었다.

변호사 사무실로 돌아와 이 면회의 내용을 전했더니 김장길 씨는 쓸쓸하게 웃으며 이렇게 말했다.

"그 사람 아무런 이득도 없는 덴 시시껄렁한 거짓말을 제법 잘 꾸며대는 사람인데 자기의 이익을 위해선 한마디의 거짓말을 못하니 천성 손해보기 위해 태어난 팔자다."

김장길 씨의 말대로 하인립 씬 시시껄렁한 거짓말을 꽤 즐겼다. 그리고 스스로 만들어내기도 했다.

불이 켜진 채 얼어붙게 한 촛불을 시카고 박물관에 기부를 했더니 얼음이 녹아 시카고 박물관이 다 타버렸다는 거짓, 봄철 시베리아에 가면 겨우내 얼어붙었던 말이 녹아 재생되어 시끄럽기 짝이 없다는 거짓을 나는 하인립 씨로부터 들은 적이 있다.

하인립 씨가 말했듯 나는 '끔찍한 불행'을 겪은 사람이다. 지금도 그 불행의 연장선상에 있는 셈이다. 나는 산송장이나 다를 바가 없다. 그러니 앞으로 결코 세상의 표면에 나타나지 않을 작정을 한 것은 당연한 일이다.

노인들에게 친절을 베풀어 얼마간의 유산을 노리는 일, 어쩌다 복권을 사선 그 당첨을 노리는 일, 현상금을 노려 간첩을 잡는 일, 이를테면 사행에 속하는 일 이외에는 절대로 기대하지도 않고 노력하지도 않을 작정을 세워 양지를 피하고 음지에서 시들어갈 참이었는데 하인립 씨의 일 때문에 그럴 작정을 일시 포기해야만 했다.

가장 긴급한 문제가 40만 원을 신가에게 갚는 문제였다. 그런데 그 일을 서두를 사람이 나밖엔 없었다. 김장길 변호사는 그것까지 자기가 맡겠다고 하지만 우정을 그렇게 부담스럽게 만들어선 안 될 일이었다.

나는 기왕 하인립 씨로부터 다소나마 도움을 받은 사람, 또는 친교가 있었던 사람들의 명단을 만들어보았다. 내가 만든 것이니 나와 하인립 씨가 공통적으로 알고 있는 사람들에 국한할 수밖에 없었던 것이 결정적인 실수였을지 모른다. 나는 내 체험을 통해

이 세상이 각박하다는 것을 충분히 알고 있었지만, 하인립 씨의 경우는 다소 다른 점이 있을 것이라고 은근히 기대를 했던 것인데 이 세상이 내가 상상하고 짐작하고 인식한 것 이상으로 냉혹·각박·잔인하다는 것을 뼈저리게 느껴보는 결과가 되었다.

D건설 회사의 전무 C는 걸핏하면 하인립 씨의 서재에 와 앉아 있던 사람이다. K 고관과 친분이 있는 하인립 씨를 이용하려는 의도였을 것이다.

C는 하인립 씨의 난처한 사정을 듣자,

"하 선생은 사람이 너무나 좋아. 사람이 좋은 게 결코 이 세상에선 장점일 순 없어."

하는 동정어린 말을 했는데 신에게 갚아야 할 40만 원 얘기를 듣곤,

"돈이 썩고 있기로서니 남이 사기한 돈 뒤치다꺼리할 사람이 있겠소."

하며 유순한 웃음을 웃기까지 해보이곤 일어서버렸다.

내가 다음 찾아간 사람은 N씨다. N씨는 가끔 신문이나 잡지에 제법 기골 있는 논설을 쓰는 사람이며 기왕 신문사에 있을 때 다소 축재도 해서 여유 있게 사는 사람이다. 나는 우연한 기회에 이 사람이 하인립 씨를 통해 그의 친지되는 사람의 승진 운동을 하는 것을 본 적이 있다. 그 밖에도 N씨는 하인립 씨에게 많은 부탁을 했고 하인립 씨도 N씨의 부탁이고 보면 싫은 빛 없이 K 고관에게 전달하곤 했다. 그 모든 결과가 어떻게 되었는진 모르나 N씨와 하인립 씨는 줄곧 남달리 밀접한 관계를 지속해왔다고 알고 있다.

그런데 N씨는 하인립 씨의 이름이 내 입에서 나오자,

"아까운 사람인데 꼭 하나의 결점이 있었지."

하고 하인립 씨와 K 고관과의 관계를 들먹였다. 하인립 씨가 너무나 권력에 밀착해 있었다는 얘기였고, 그 권력 지향에의 성품이 인간으로서나 시인으로서나 그를 망쳐놓았다는 것이다.

"개인적인 친분 관계이지 권력 지향은 아닐 텐데요. 하인립 씨의 경우, 권력에의 밀착이란 말이 안 됩니다."

나는 이렇게 항변하지 않을 수 없었으나 N씨는 보다 단정적으로 말했다.

"누군 고관 가운데 친분 있는 사람 한둘 가지지 않은 사람이 있는가? 그러나 지각이 있는 사람이면 하인립 씨처럼은 안해."

나는 스르르 불쾌한 생각이 들었다. 그래 다음과 같이 물어보았다.

"하 선생을 통해 적당하게 권력을 이용해선 하 선생 이상으로 이득을 본 사람이 있다면 그런 사람은 어떻게 되는 겁니까."

N씨는 내가 한 말의 뜻을 얼른 알아듣지 못한 모양으로 나를 말끄러니 바라봤다. 나는 고쳐 말했다.

"자기는 권력에 가까이하지 않으면서 하 선생 같은 호인을 통해 간접적으로 권력에 접근해서 이득을 얻어내는 그런 사람은 어떻게 되느냐고 물은 겁니다."

N씨의 표정에 약간 불쾌한 빛이 돋았다.

"직접 접근과 간접 접근은 그만한 차이가 있겠지. 그러나 나는 그런 말을 하고 있는 건 아니오. 하인립 씨는 두말 끝엔 K씨를 천재라고 숭앙하고 있었는데 누구라도 그런 자리에 앉으면 그만한 일을 할 수 있는 것을 천재라고 과찬하는 그런 태도가 권력에의 밀착이란 말요. 그런 아첨이 옳지 않다 이 말이오."

하인립 씨는 K씨를 진정 천재라고 믿고 있었다. K씨에의 애착을 그러나 그는 천재에의 당연한 존경이라고 생각하고 의심하지 않았다. 내가 알기론 하인립 씨는 K씨를 높은 벼슬아치로서가 아니라 천재로서 아끼고 있었다.

그러나 이런 말을 늘어놓는다는 것은 내가 N씨를 찾은 목적에서 일탈할 염려가 있었다.

"좌우간 N 선생은 하 선생과 보통의 친분은 아니지 않습니까. 지금 하 선생은 심한 곤경에 빠져 있습니다. 4, 5만 원이라도 좋으니 이리로 보내주시든지 전화를 주십시오."
하고 나는 김장길 변호사의 사무실 주소와 전화번호가 적힌 쪽지를 내놓았다. N씨는 그 쪽지를 거들떠보지도 않고 점잖게 말했다.

"청빈하게 사는 선비에게 어디 그런 돈이 있겠소. 마음 같아선 돈 5만 원이 문제겠소만 요즘 내 형편이……."
하고 N씨는 눈길을 멀리 보냈다. 그의 눈길을 따라 나의 시선도 움직였는데 그곳엔 청록의 숲을 배경으로 깔끔하게 손질된 잔디밭이 있었고 그 한모퉁이의 화단엔 칸나의 진한 붉은 빛이 7월의 태양 아래 불타고 있었다. 에어컨디셔너로 냉방이 된 방에 앉아 유리창 너머로 호사스런 성하盛夏의 향연을 보며 나는 N씨의 '요즘 형편이 대단히 딱하다.'는 말을 뼈 마디마디에 새겨넣는 느낌으로 말없이 일어서 N씨의 집을 하직했다.

아스팔트는 열기에 이글거리고 있었다. 연희동 N씨의 집에서 광화문까지의 거리를 나는 걸었다.

'사태가 계속 이런 꼴이라면 강도 노릇이라도 해야겠다.'
는 강박관념 같은 것이 가슴을 조였다. 땀은 계속 흘러내렸지만 그 강박관념의 탓인지 더위를 느끼진 않았다.

T씨와는 광화문 조선일보 근처의 다방에서 만나기로 되어 있었다. T씨는 하인립 씨의 덕택으로 S상가의 일부를 차지하는 이권을 얻은 적이 있는 사람이었다.

T씨는 내가 자리를 잡아 땀을 닦고 숨을 돌리기도 전에,

"하인립 씨가 몽땅 망했다는디 우찌 된 기고."
하고 싱글벙글했다. 보기에 따라선 하인립 씨가 망한 것이 고소해서 죽겠다는 그런 태도였다.

"하 선생이 망했대서 그렇게 기분 좋아할 건 없진 않소."

나도 모르게 말이 거칠게 나왔다.

"기분이 좋다니, 생사람 잡을 소리 하지 마소. 높은 사람 덕택으로 벼락부자가 되었다는 소문을 들은 기 엊그제 같은디 망했다 쿤깨 이상해서 물어보는 것 아니오."

"높은 사람 덕택이라니 그거 또 무슨 소리요. 내가 알기엔 하인립 씬 높은 사람 덕 본 것 없소."

"유수지를 복개해갖고 큰돈 벌었다 쿠든디."

"유수지 복개는 국가에 봉사한 면이 크지 하인립 씨의 소득이 큰 것은 아닐 텐데요."

"그건 그렇다고치고 무슨 일로 나를 만나자고 했소?"

T씨의 말로 보아 하인립 씨의 현재 상태를 모르고 있는 모양이었다. 나는 구체적인 설명을 걷어치우고 곤경에 있는 하인립 씨를 도와줄 의사가 없느냐고 단도직입적으로 물었다.

"내게 무슨 힘이 있다고 남을 도운단 말이오."

T씨는 어색하게 웃었다.

"T 사장은 하 선생의 도움을 받은 적은 없소?"

"도움? 그 양반 때메 손해는 봤지만 도움받은 건 없고마."

"뭐라구요?"

나는 가까스로 흥분을 참았다.

"형씨는 지금 내가 하고 있는 상가 얘길 하는 모양인디 그건 당치도 않은 말이오. 보증금으로 당치도 않은 액수의 돈을 냈지, 그런디다가 시설비가 곱이나 들었지, 점포세는 자꾸 체납이 되지. 그 돈 가만두었다가 금리를 늘였으몬 내 부자 됐을 끼라. 괜히 그놈을 맡아갖고 고생인 기라."

"여보시오."

하고 터지려는 울분을 억지로 참고 말했다.

"그걸 당신이 싫어하는 걸 하인립 씨가 억지로 떠맡겼소?"

"그런 건 아니지만도."

"그걸 맡게 해달라고 당신이 사정사정한 거죠?"

"그땐 사정을 몰랐거든. 우쨌건 내 하 사장헌테 덕본 것 없는 기라."

"덕본 건 없어도 고맙다, 미안하다는 감정쯤은 있을 것 아뇨."

"허기야 나 때문에 욕은 봤지. 힘도 썼고. 그러나 결과가 좋았어야 하는 긴디 그만……."

"그건 그렇다치고 다만 얼마라도 하 선생을 도와주시오. 5만 원쯤이면 됩니다."

"허, 참. 남의 사정도 모르고 그러네. 요새 부도가 날 지경인디, 그래 갈팡질팡인디."

나는 눈을 감고 말았다. 그 이상 아무 말도 듣기 싫었다. 동시에 아무 말도 하기 싫었다.

"얘기가 그뿐이라면 나는 가겠소."

나는 눈을 뜨지 않았다.

일어서는 기척이 있더니 잠깐 후에,

"찻값 내었소이."

하는 T의 목소리가 카운터 쪽에서 들렸다.

T가 사라졌다고 싶을 무렵에 눈을 떴다. 군데군데 앉아 있는 사람들의 얼굴이 한꺼번에 시야에 들어왔다. 하나같이 잔인하고 음흉하고 냉혹한 얼굴들이다. 모두들 친구끼리 앉아 있는 모양이지만, 그리고 모두들 미소짓길 잊지 않는 모양이지만, 나의 눈은 그들의 가면을 벗기고 있었다.

'사람은 사람에 대해서 이리.'

란 멋진 말이다.

우정은 사라지고 이리의 탐욕만 남았다. 그런데 그 이리의 탐욕이 필요에 따라 형편에 따라 우정의 가면을 꾸며대기도 한다.

그 많았던 하인립 씨의 친구들은 모두 어디로 갔을까. 거의 매일 밤 더불어 흥청거리던 하인립 씨의 술친구들은 어디로 사라졌단 말인가.

'이런 살벌한 황무지에 서서 시를 쓴다고? 어림없는 소리!'

철망 저편에 서서 그래도 태연한 척하고 있던 하인립 씨에 대해서 나는 비로소 맹렬한 증오를 느꼈다. 바보는 바보라는 그 죄명으로 광화문 네거리에서 찢겨 죽어야 한다. 호인은 호인이라는 그 죄명으로 사지를 찢어 개의 창자를 채워야 한다.

내 앞에 앉은 사람이 있었다. 동시에 말이 건너왔다.

"어, 이거 얼마 만이오."

Y대학의 P 교수였다. 하인립 씨를 통해서 알게 된 사람이다. 한마디로 말해 하인립 씨의 술친구다. 그런데 그 이름을 나는 하인립 씨를 위해 만든 명단엔 적지 않았다. 까맣게 잊고 있는 탓이었다.

그는 차를 마셨느냐고 묻고, 내가 마셨다고 하자 자기만 차를 시켜놓곤 사뭇 비밀 얘기나 하는 것처럼 나직이 물었다.

"하동욱이, 아니 하인립이가 붙들려 들어갔다는 소식 들었수?"

나는 어떻게도 해석할 수 있도록 애매한 표정을 꾸몄다.

"괜히 까불고 돌아다니더니만 기어이 그런 꼴을 당하고 만 모양이오."

"그렇다면 친구들이 좀 도와줘야 할 게 아닙니까."

금시초문인 듯 어느덧 내 태도는 꾸며져 있었다. 아침부터 이글거리던 분통이 이자를 상대로 폭발하겠구나 하는 예감이 내 가슴을 더욱 싸늘하게 했다.

"도울 가치가 있는 놈을 도와야지."

P는 아무렇지도 않게 말했다.

"가치의 문제가 아니고 우정의 문제가 아닐까요?"

나는 아무렇지도 않게 말했다.

"우정이 그렇게 값싼 것은 아니니까."

그는 커피를 한 모금 마셨다. 그리고 한다는 소리가 이랬다.

"그 사람은 친구라고 하기엔 너무나 경박해요. 그렇게 생각하지 않수?"

"내겐 몇십 년 연상이니까 친구란 생각은 해보지 않았습니다."

"그럴 테죠. 그 사람 기껏 술친구죠. 돈도 잘 쓰구 유머도 잘하구. 그러나 아까도 말했듯이 너무 경박해. 대학교수가 택시도 못 타는 판인데 외제 자가용차가 다 뭐요. 제가 무슨 사업가랍시고 말요. 어쩌다 고관과 친분이 생겼다구 으스대기나 하구, 한마디로 말해 속물이야, 속물. 그런데 그런 주제에 시를 쓴다구? 하여간 웃기는 친구지. 그 사람은 어려서부터 그런 사람이었다오."

"어려서부터 하 선생을 아셨어요?"

"어려서부터라기보다 젊어서부터라고 해얄까? 같은 시절에 도쿄에 있었소. 학교는 달랐지만 가끔 어울려 놀았기 때문에 잘 알아요."

"그땐 어땠어요?"

"한마디로 말해 경박한 속물이었지. 우선 그 하인립이란 이름이 어떻게 된 건지 아슈? 하인리히 하이네의 이름을 딴 거라오. 그 당시 하이네가 대유행이었는데 그치도 하이네를 좋아했던가 보죠. 그래 이름을 하인립이라고 고쳤다면서 뽐내고 돌아다녔지. 하이네의 시를 잘 읽었으면 그런 경솔한 짓이 있을 수 없지. 하이네는 결코 유행가 가사를 만드는 사람 같은 얄팍한 시인이 아니거든요. 그러니까 그치는 하이네의 연애시 몇 편을 읽었을까 말까 했을 정도였을 거요."

"그런 일을 갖고 인격을 판단할 순 없잖겠습니까. 젊음의 객기란 것도 있는 것 아닐까요? 어릴 때, 또는 젊었을 때의 일 갖구 사람을 판단한다는 건 위험한 일일 텐데요."

"허나 지금까지 그는 하인립이라고 하고 있지 않소?"

P의 입 언저리에 냉소가 돌았다.

"어릴 적에 지은 것이고보니 그 이름에 애착이 생겼겠죠."

나는 되도록 나의 감성을 눈치채지 않도록 억제하며 응수를 계속했다.

"그뿐 아닙니다. 그치는 도쿄에서 학교를 다닐 때 당구장을 경영하고 있었어요. 꽤 큰 당구장이었죠. 3만 원에 샀다든가 하던데 월 2, 3천 원의 수입은 올린 모양입니다. 당시 학생의 생활비가 한 달에 60원이면 되었을 때니까 그친 아주 호화판으로 생활할 수 있었던 거죠. 그걸 졸업할 무렵엔 4만 원에 팔았다니까, 돈에 관한 재간은 여간이 아닌 셈이었지."

하인립 씨가 학생 시절 당구장을 경영했다는 얘긴 사실이다. 그러나 그것은 자발적으로 그렇게 한 것이 아니었다. 어느 선배가 경영하던 당구장이었는데 졸업을 하고 돌아간다는 기미를 알자 주변의 업자들이 그걸 싸게 사기 위해서 계교를 꾸민 탓으로 좀처럼 팔리질 않았다. 그 곤경을 구하기 위해서 하인립 씨가 그 당구장을 넘겨받았다. 그리고 그 당구장을 고학생들에게 맡겨 많은 혜택을 고학생들에게 입혔다는 미담으로서 나는 듣고 있었다.

그래 나는 넌지시 물어보았다.

"그 당구장 덕을 교수님께서도 간혹 보신 건 아닙니까?"

"가끔 술잔이나 얻어 먹었겠지."

여유만만하고 능글능글하기도 한 P 교수의 태도를 바라보며 나는 어떻게 이자를 본때 있게 골탕을 먹여주나 하고 궁리를 했다.

'뺨을 친다? 그건 부자연스럽다.'

'밖으로 끌고 나가 결투를 한다? 그것도 어색하다…….'

하나의 아이디어가 떠올랐다.

레지를 불러 커피를 한 잔 주문했다.

"팔팔 끓인 따끈한 커피를 줘요."

하고 단서까지 붙였다.

커피가 왔다.

"그러나 오래 사귀었던 정으로도 도울 수만 있으면 도와야 하지 않겠소."

최후의 기회를 주는 셈으로 나는 이렇게 말해보았다.

P는 내 말엔 들은 척도 않고 중얼거렸다.

"백만장자의 아들이 돈 40만 원을 사기해 먹으려다가 쇠고랑을 차다니 한심스러운 인간이야."

"그 한심스러운 인간으로부터 얻어마신 술을 죄다 토해놓고 싶소?"

돌변한 나의 말투에 당황한 그의 얼굴이 굳어졌다.

"하인립 씨는 사기한 적이 없소. 이번 사건은 순전한 모함이오. 30년 이래의 친구가 그런 꼴을 당했는데 진상을 알아볼 성의도 없는 놈은 사람이우? 그게 대학교수요?"

나는 일어서며 커피가 담뿍 담긴 커피 잔을 들고 그 뜨거운 커피를 P의 얼굴에 정면으로 쏟아놓은 채 다방을 빠져나왔다. 그리고 카운터에 두 마디 말을 남겼다.

"커피 값은 저자에게 받아요. 처먹은 건 저자니까."

다방에서 나온 나는 느릿느릿 걸었다. 결코 도망치는 것이 아니란 마음을 다짐하기 위해서였다. 다방에서 누가 뒤쫓아나오면 망설임 없이 다방으로 돌아가 내 감정의 경위를 설명하고 톡톡히 P를 망신시킨 뒤에 경찰이건 어디건 가자는 대로 갈, 그런 각오를 했다.

그러나 그 골목이 끝나도록 뒤쫓아오는 사람은 없었다. 나는 잠시 골목 쪽으로 뒤돌아보고 섰다가 발길을 김장길 변호사의 사무실로 돌렸다.

거의 하루 종일 더위 속을 걸어다녔기 때문에 배가 고팠다. 게다가 하루 종일 서둔 일이 아무런 보람이 없었는 데 따른 허전함이 겹쳤다. 보다도 40만 원은 어떡하든 구해보겠다고 나선 주제를 어떻게 감당해야 할지 몰라 그것이 괴로웠다.

나는 김 변호사 사무실이 있는 건물에 이르러 간신히 3층까지 난간을 짚으며 걸어 올라갔다. 그리고 대기실 소파에 쓰러지듯 앉아 냉차를 한잔 청해 마시고 숨을 돌렸다.

김 변호사가 있는 방에서 웃음소리가 났다. 누가 와 있느냐고 여자 사환에게 물었다.

"성유정 씨라고 하던데요."

그 답을 듣자 나는 '아아' 하고 신음하는 애달픔과 함께 안도의 숨을 내쉬었다. 가능하다면 피해가고 싶은 사람이어서 고의로 내 생각에서 제외하긴 했지만 속수무책인 이 마당에선 꼭 나타나줘야 할 인물인 것이다.

성유정 씨와 하인립 씨는 어릴 적부터의 친구일 뿐 아니라 서로 인척 관계에 있는 사이다. 그런데 하인립 씨가 사업을 시작하면서부터 소원한 사이가 되었다고 들은 적이 있다. 성유정 씨는 하인립 씨가 사업을 하려는 데 대해 맹렬한 반대를 한 것이었다.

"사업할 돈이 있으면 서울 근교에서 농장이나 하라."

는 권고를 했다고 들었다.

나는 노크도 하지 않고 도어를 밀고 김 변호사의 방에 들어섰다.

성유정 씨는 나를 이상한 표정으로 봤다. 죽었다고 생각한 사람을 다시 만났을 때 사람은 그런 표정을 할 것이 아닌가 싶은 그런 표정이었다.

성유정 씨는 일어서 내 손을 잡으며,

"나쁜 사람 같으니라구, 그렇게 소식이 없을 수가 있어?"
하고 말은 나무랐지만 눈으론 웃고 있었다.

"이 군, 걱정 말아요. 돈을 성 교수가 준비하겠대."

김장길 변호사가 활달하게 말했다.

대학교수 노릇을 하며 근근이 살아가는 요즘의 처지겠지만 성유정 씨 같으면 능히 그렇게 하리란 짐작을 바로 아까 하고 있었던 터였다.

"고맙습니다."
하고 나는 고개를 숙였다.

"고맙긴, 누구 일인데."
하며 성유정 씨는 웃었다.

김 변호사는 무슨 모임이 있다면서 일어섰다. 그러면서도,

"두 분은 모처럼 만난 모양이신데 이 자리에서 더 얘기를 하세요."
하는 말을 남겼다.

"우리도 일어서지."
하는 성유정 씨를 따라 밖으로 나온 나는 광화문 지하도 근처에

서 힘겨운 말을 한마디 했다.

"성 선생님, 35원만 빌려주십시오."

"35원? 왜 하필 35원이지?"

"버스를 타고 집으로 돌아갈까 해서요. 오늘 하루 종일 걸었더니 미아리 너머까지 도저히 걸어갈 수가 없을 것 같습니다."

"무슨 바쁜 일이 있나?"

"아아뇨."

"그럼 어디 식사라도 같이 하자구. 그리고 자네 얘길 좀 들어야 하겠어."

긴 여름 해도 저물어가고 있었다. 후덥지근한 공기인데도 저녁나절의 안심 같은 것이 느껴졌다. 성유정 씨와 같이 거리를 걷고 있다는 안심인가 보았다. 그러나 나는 어떤 일이 있어도 그런 안심에 편승하진 않으리라고 다짐을 하면서 성유정 씨가 이끄는 대로 걸어갔다.

내수동 골목의 '푸른 집'이란 간판을 단 술집 한구석에 선풍기를 등지고 앉아 성유정 씨는 대뜸 물었다.

"도대체 어떻게 된 거야."

"뭣이 말입니까."

"고향에도 통 연락을 안 한다며?"

"고향에 누가 있습니까, 어디."

"사촌이 있잖나. 지난번 신학기에 자네 사촌이 아들 대학 입학시킨다고 올라와 내 집에 들렀더라. 서울대학교의 상과 대학에 들었다는 얘기던데."

"상과 대학요?"

"자네도 참 상과 대학이었지. 내가 얼마나 자넬 찾았는지 알기나 하나?"

"절 뭣 때문에 찾습니까?"

"이 사람 딱한 소릴 하누먼."

"제가 어디 사람입니까?"

하고 나는 음식이 날라져 오자 열심히 먹기 시작했다. 속을 채워두어야 성유정 씨의 대작을 할 수 있겠다는 마음에서였다.

"그만하고 술이나 들게."

성유정 씨는 내 잔에 가득 술을 따랐다. 나도 성유정 씨의 잔에 술을 채웠다.

두세 잔 오가고 나니 갑자기 술기가 올랐다. 성유정 씨의 말이 시작되었다.

"사업이건 인생이건 한 번쯤의 좌절을 자네처럼 받아들여서야 어디 이 세계가 지탱하겠나."

"선생님답지도 않은 말씀 마세요."

"내가 기상천외한 사상을 가진 줄 아나? 상식 이외의 무슨 사상이 내게 있겠나."

"그러니까 그만두시란 것 아닙니까."

"죽음에 대해서 생물적인 공포밖엔 지니고 있지 못한 놈이, 자살을 결행할 수 있는 사람에게 무슨 충고를 한다는 건 비겁자가 용사에게 하는 충고처럼 쑥스러운 것이지만 진짜로 용기 있는 사람은 비겁자의 충고도 들어야 하는 거다."

"나는 용기가 있는 사람이 아닙니다. 용기가 있으면 이런 꼴로 선생님 앞에 나타나 있겠어요? 마누라와 아이들 다 죽여놓고 이렇게 뻔뻔스럽게 앉아 있겠어요? 그러니까, 외람됩니다만 부탁입니다. 제게 관한 얘기는 그만둡시다. 하 선생 얘기나 합시다. 전 하 선생에게 천만 원 빚을 진 놈입니다. 그런데 하 선생은 돈 40만 원 때문에 지금 감옥에 있습니다. 성 선생님에게도 300만 원 빚을 진 나 아닙니까. 선산이 있는 산판을 판 돈을 내가 몽땅 날려버린 것 아닙니까."

"이 사람, 그 얘긴 왜 꺼내는 거야. 모두 지난 일 아닌가?"

"아닙니다. 나는 가끔 이런 생각을 합니다. 하 선생에게 빌린 돈, 성 선생에게 빌린 돈, 그걸 갚지 않고 배겨내기 위해 계집, 자식을 몽땅 죽이구, 죽는 척 해놓구 나는 살아나구…… 그런 연극을 꾸민 것 아닐까 하구요."

"왜 그러나, 이 군!"

"그러니까 제게 관한 얘긴 그만둬 주십사 하는 겁니다."

"좋다, 그럼 얘길 안 하지. 자, 술이나 마시자."

묵묵한 가운데 술잔이 오갔다. 그런데 그 침묵이 또한 견딜 수 없었다. 내가 말을 꺼냈다.

"하 선생 일은 잘 되겠죠?"

"김 변호사는 안심해도 좋다고 하더라. 돈만 갚아주면 잘하면 무죄, 최악의 경우라도 집행 유예로 나올 수 있다니까 안심해도 된다는 얘기였어."

"하 선생 면회하시렵니까."

"안 하겠어."

"공판할 땐 나가시렵니까."

"공판에도 안 나가겠어."

"저두 안 나갈랍니다."

"그러는 게 좋을 거다."

다시 묵묵한 술잔의 응수가 한동안 계속되었다. 이번엔 성유정 씨가 말을 꺼냈다.

"앞으로 어떻게 할 텐가."

"절대로 자살은 하지 않을 겁니다. 이것만은 확실합니다. 그리고 절대로 세상의 표면에 나타나진 않을 겁니다. 두더지로서 한평생을 살 겁니다. 이것도 확실합니다."

"그렇게 살아 무슨 의미가 있단 말인가. 차라리 자살하는 편이 낫지."

"의미는 기왕 어느 시점에서 모조리 말살해버린 걸요. 그러니 자살할 의미마저 없어져버린 겁니다."

"의미를 찾아볼 생각은 없나?"

"무의미의 의미는 있습니다."

"무의미의 의미?"

성유정 씨는 얼굴을 찌푸렸다.

"제가 말장난을 하고 있는 줄 아십니까. 그럼 얘길 하겠습니다. 최소한도의 노력으로 행운을 기다리겠다는 겁니다. 이를테면 노인들을 만나면 가능한 한 친절을 베풀어 하워드 휴즈 같은 사람에게 부딪히는 겁니다. 유산을 노리는 일이죠. 어떻게 돈이 생기면, 생긴댔자 아내의 돈을 훔쳐내는 거지만 그걸 갖고 복권을 삽니다. 당첨되길 노리는 거죠. 또 하나는 간첩을 잡는 일입니다. 보상금을 노리는 거죠. 이렇게 해서 현재 나를 먹여살리고 있는 아내를 얼마 동안이나마 호사를 시켜줌으로써 단 하루라도 장엄한 아침을 맞아보고 싶은 겁니다. 의미 이하의 의미, 무의미의 의미가 뭣인가를 아셨죠?"

어느덧 성유정 씨의 표정이 굳어져 있었다.

"완전무결한 인격주의를 지향하시는 성 선생님께서는 이러한 무의미의 의미가 못마땅하실 겁니다."

나는 성유정 씨의 비위를 뒤틀어놓고 싶은 광폭한 충동에 일시 사로잡혔다.

일제 때는 '천황 폐하'로부터 금시계를 받은 최우등의 학생, 해방 후의 혼란기엔 혼자 혼란하지 않은 온건한 지식인, 6·25 때 인민군이 그 동리에 소탕를 폈는데도 만석꾼인 그 집만은 대문 한 번 두드려보는 법 없이 지나쳐버린 집의 아들, 자유당 때도 민주당 때도 공화당 지금에도 티끌 하나 책잡혀보지 않은 대학교수, 내게 300만 원의 돈을 떼어먹혔는데도 싫은 소리 한마디 없는 관대한 선배! 삼천리 강산이 와들와들 떨고, 삼천만의 국민이 악착같은 데 이러한 인간이 과연 사람인지 괴물인지 알 수 없는 일 아닌가. 여기에 돌연 깡패가 나타나 저 반들반들한 이마를 주먹으로 때리는 사태가 벌어진다면 성유정 씨는 어떻게 대응할 것인가.

이러한 내 마음속의 드라마엔 아랑곳없이 성유정 씨는 조용히 말했다.

"간첩을 잡을 자신이 있는가?"

"있죠. 김일성이 자꾸만 간첩을 남파한다고 하잖습니까."

"어떻게 잡을 텐가."

"간첩 신고는 113, 아닙니까."

"간첩을 잡을 생각을 한 근본적인 동기는?"

"수출 증대에 이바지함으로써 애국을 하려고 했는데 그 일이 좌절됐으니까 간첩이나 잡아 애국하자는 겁니다. 성 선생께선 못마땅합니까? 이런 사상 갖곤 요즘 대학생들의 인기를 끌 수가 없다는 겁니까?"

"이 군 취했군."

"그렇습니다. 취했습니다. 그런데 어째서 성 선생이 하는 일은 모두가 옳은 겁니까. 나는 그런 완전무결주의가 싫습니다. 왜 내 뺨을 치지 않습니까. 왜 내게 노여움을 보이지도 않습니까. 나는 성 선생의 완전무결한 인격보다 하인립 씨의 주책바가지가 월등하다고 생각해요. 왜, 보다 인간적이니까요. 성 선생은 하 선생을 경멸하고 있죠? 성 선생의 생활 태도를 닮지 않는다구요. 그런데도 뭣 때문에 40만 원의 돈을 물어주려는 겁니까. 나는 성 선생의 혈관엔 붉은 피가 아니고 뜨물 같은, 우유 같은 액체가 흐르고 있을 것이라고 단정합니다. 그러나 하인립 선생의 피는 붉어요. 그 분은 인간이에요."

"이 군 취했군."

성유정 씨는 다시 한 번 이렇게 되풀이했을 뿐 그 얼굴은 예나 다름없이 조용했다. 어떻게 하면 이 사람을 성나게 할 수 있을까.

"자, 술은 이만하구 가자."

성유정 씨는 부드럽게 웃음을 지으며 일어섰다. 수양버들의 바람인 것이다.

전등불이 휘황한 거리에 얇은 옷차림의 남녀들이 범람하고 있다. 흡사 수족관을 들여다보는 풍경이다.

버스가 다니는 큰길 어귀에 섰을 때 나는 내 왼편 호주머니에 무슨 물질이 들어오는 것을 느꼈다. 얼른 손을 찔러보았다. 지폐의 감촉을 가진 종이가 한 움큼 쥐어졌다. 나는 그것을 꺼내, 옆에 선 성유정 씨에게 내밀었다.

"이렇겐 필요가 없습니다. 35원만 주세요."

"그냥 가지구 있어."

"안 됩니다. 도루 받으세요."

네온사인을 반사한 안경 너머로 성유정 씨의 눈이 이상스런 빛을 띠었다. 나는 왠지 겁에 질렸다.

여기서 이렇게 헤어지면 영원히 그만일 것이란 공포가 일었다.

"어디 가서 한잔만 더 합시다."

내 말은 애원하는 투가 되었다.

"그럼 그걸 넣어둬요."

성유정 씨는 싸늘하게 말하고 몇 발자국 걷다가 섰다.

"내가 묻는 말에 정직하게 대답을 하겠다면 한잔을 더 사지."

"예, 정직하게 말하겠습니다."

"어딜 갈까."

하고 생각하는 눈치더니 성유정 씨는 택시를 불러세웠다.

"역시 조용한 곳이 좋겠지."

하며 성유정 씨는 H동 쪽으로 차를 달리게 했다.

택시를 타고 거리를 달리고 있으면 언제나 떠오르는 상념이 있다. 거대한 악마의 장부 속을 누비고 있는 기생충이란 상념이다.

택시가 멈춘 곳은 '카사비앙카'란 네온사인이 음탕한 빛깔을 발산하고 있는 언저리였다.

"푸른 집에서 하얀 집으로 온 셈이구먼요."

약간 아첨기가 없지도 않은 투로 말해보았는데도 들은 척도 않고 성유정 씨는 웨이터가 열어주는 도어 저편으로 걸어들어갔다. 나는 따라 들어갔다.

라틴풍의 기타 소리가 어디선지 들려오고 있었다. 잘록한 허리와 원피스의 무늬로써 잠자리 같은 인상을 풍기는 여인이 앞장을 서서 방문을 열었다.

마제형馬蹄型으로 소파가 놓인 아담한 방이 나타났다.

"스카치·얼음·물 그리고 치즈를 갖다놓구, 아무도 들여보내지 말아요. 이따가 연락할 때까지."

손님이라기보다 주인이라고 하는 편이 어울릴 말투로 분부를 내려놓고 성유정 씨는 상의를 벗었다. 에어컨디셔너의 조절로 알맞은 양도涼度라고 느낀 나는 구태여 상의를 벗고 때묻은 내의를 노출시킬 필요가 없었다.

주문한 것들이 오고 웨이터가 퇴장하자 성유정 씨는 자세를 고쳐 앉아 정색을 했다.

'아아, 이제부터 사문査問이 시작되는구나.'

나는 고개를 숙이고 스카치 잔을 들어 입술을 축였다.

"지금 어디 있지?"

"미아리 근처에 살고 있습니다."

"주소는?"

"잘 모르겠는데요."

"주소를 모른다?"

"지금 얹혀살고 있는 형편이라서."

"얹혀살다니, 누구에게."

"아내에게요."

"아내라니?"

"그런 여자가 있습니다."

"언제 만난 여자야."

"2년 전쯤에요."

"어데서."

"술집에서요. 그 여자는 술집의 작붑니다."

"그렇더라도 주민등록증은 있을 것 아닌가."

"그런 것 없습니다."

"간첩을 잡기는커녕 자네가 간첩으로 몰릴 형편이로구먼."

성유정 씨는 스카치 잔을 들었다가 놓았다. 무엇부터 먼저 물어야 할지 망설이고 있는 눈치였다.

"옛날 자네가 있었던 회사의 사장을 몇 달 전에 만났어. 어떡허든 자넬 찾아달라는 부탁이더라. 이번 M단지에도 공장을 세울 모양야. 자네만 좋다면 그 M단지 공장의 관리 책임자로 보냈으면 하는 의향이던데 아무리 찾아도 자네가 있어야지."

"그 회사엔 도로 가지 않겠습니다."

"그건 또 왜."

"그 회사뿐만 아니라 난 절대로 월급쟁이는 안 할 작정입니다."

"그럼 달리 무슨 계획이라도 있는가?"

"그런 것 없습니다."

"그렇다면 앞으로 어떻게 할 참인가."

"아까 말씀 드리지 않았어요?"

"뭐라구."

"유산이나 노리구, 복권이나 사구, 간첩이나 잡구."

"계속 그렇게 빈정댈 텐가?"

"빈정댄 게 아닙니다. 정직하게 말한 겁니다."

"그게 정직한 건가?"

"예."

"꼭 그런가?"

"예."

"할 수가 없군."

성유정 씨는 불쾌한 빛을 감추려 하지 않았다.

"선생님."

하고 내 편에서 말을 걸었다.

"말해보게."

"성 선생은 절 끔찍한 놈이라고 생각하지 않습니까?"

"……."

"마누라를 죽이고 아이들을 죽이고 자기만 살아남은 끔찍한 놈, 그런 생각을 하고 계시죠?"

"자네가 고의로 살아남았다고는 생각하지 않아. 자네가 소생하기까지의 열흘 동안을 나는 줄곧 자네의 병실에 있었으니까. 의사는 기적이라고 하더라. 만에 하나 있을까 말까 한…… 그러나."

"그러나 뭡니까."

"사업에 실패하고 빚을 졌대서 전 가족이 죽어야 한다면 세상에 사람이 살아남겠나. 어떻게 그런 생각을 할 수 있었을까. 그게 난 납득이 안 가. 도저히 납득할 수가 없어."

"나도 납득할 수가 없습니다."

"서투른 소설의 주인공 같은 말은 꾸미지 말게."

"아닙니다. 지금 와서 생각하니 그렇단 얘깁니다."

나는 스카치의 잔을 비웠다.

성유정 씨는 손을 뻗어 내 잔에 얼음을 채우고 술을 따랐다.

그리고 기억을 더듬는 듯 천천히 말했다.

"자네가 두 번째 일을 저질렀을 때 솔직한 심정으로 우리는 그냥 자넬 내버려두려고 했다. 자네만 살아 있기가 얼마나 고통스럽기에 또 그런 짓을 했겠느냐 해서다. 그런데 하인립 씨가 서둘렀어. 절대로 자넬 죽여선 안 된다는 거야. 그래 부랴부랴 병원으로 옮겨놓고 겨우 다시 소생을 시켜 안심을 하고 잠깐 방심을 하고 있는 동안에 자네는 없어져버렸지. 아무리 찾아도 흔적이 있어야지. 그래 우리는 깊은 산속이나 바다에 가서 죽은 줄 알았다. 그랬는데 1년 전인가 자네를 보았다는 사람이 나타났다. 그것도 한 사람이 아닌 두 사람이……. 그런데 어쩐 일인지 자네가 살아 있다는 확증을 잡았는데도 반갑지가 않더라. 굳이 찾고 싶은 생각도 없구……."

"그러고보니 제가 공연히 나타난 것이로구먼요."

"그렇진 않아."

"하 선생이 구속되었다는 소식만 읽지 않았더라도 전 나타나지 않았을 겁니다."

성유정 씨는 묵묵히 한동안을 앉아 있다가,

"이 군, 다시 인생을 시작해볼 생각은 없나."

하고 나를 정면으로 보며 말을 이었다.

"다시 인생을 시작해볼 생각을 해보게. 과거를 씻을 수 있는 건 새로운 인생을 시작함으로써만 가능한 거야. 뭐든 좋다, 자네가 좋다고 생각하는 무슨 아이디어가 있으면 적극적으로 도울 테니까. 이대로, 아니 자네 말대로 그렇게 썩고 있으면 자네도 괴로울 테고 우리도 괴로워……. 갈 데가 없으면 당분간 우리 집에 와 있어도 좋구, 부인이 있다니까 술집 같은 데 내보내지 말도록 무슨 조그마한 장사라도 시작할 수 안 있겠나."

"전 이대로가 좋습니다. 남에게 고용살이도 안 할 거고, 장사도 안 할 겁니다. 정말 아무것도 할 생각이 없습니다. 요행이나 바랄 뿐입니다."

"T물산에 도로 가지 않겠다는 이유가 뭔가."

"설명을 하려면 긴 얘기가 됩니다."

"긴 얘기라도 좋으니 말해보게나."

상과 대학을 나와 군복무까지 마치고 T물산에 들어간 것은 내가 스물다섯 살 때였다. 서른 살 때 과장이 되었으니 빠른 승진이라고 할 수가 있다.

과장이 되던 그해, 채 사장의 아들이 미국에서 돌아왔다. 채 사장의 아들은 나와 같은 또래의 나이였다. 그는 오자마자 부사장이 되어 아버지를 보좌하는 일을 맡았다.

미국에서 배워온 것인지 몰라도 능력주의로 한다면서 사내의 인사 쇄신을 단행하려고 했다. 자기 아버지를 도와 T물산을 오늘에 있게 한 중역들을 감사니, 고문이니 하는 한직으로 돌리고, 다른 회사에서 유능한 사람을 스카웃한다는 것이었다.

그러나 채 사장의 반대로 그 일은 실행을 보지 못하고 말았다.

그러자 그는 기획조정실이란 것을 만들어서 자기가 그 실장직을 겸해 맡았다. 기획조정실이란 T물산뿐 아니라 7, 8개나 되는 방계 업체 전부를 통할하는 참모 본부와 같은 것이다.

그런 것이 만들어진 덕택으로 T재벌 전체의 업태가 일목요연하게 파악될 뿐 아니라 낭비가 절약되기도 하는 효과는 있었다. 채 사장은 그런 점으로 해서 자기 아들의 능력을 자랑스럽게 여기게 된 모양이었다.

그러나 내가 보기엔 얼마간의 장점이 있는 반면, 재벌 운영에 있어선 치명적이라고도 할 수 있는 결점이 나타나기 시작했다. 간단하게 말하면 인화의 단결이 파괴되기 시작한 것이다.

인화가 잘 되어 있다는 것이 T재벌의 특징이었는데 사장의 아들이 설치는 바람에 방계 회사의 간부는 물론 본 회사인 T물산의 간부들까지 회사에 대한 충성심이 줄어들어가는 것이 눈에 보이는 듯했다.

이 정도까진 좋았다.

채 사장이 회장으로 물러앉고 아들인 채종택이 사장이 되면서부터 일이 터지기 시작했다. 채종택은 아버지의 만류로 보류했던 인사 쇄신을 단행했다. 그리고 방계 회사에도 그와 같은 방침을 강요했다. 방계 회사의 사장들은 모두 로봇이 되어버렸다. 채종택 사장에게 아첨하는 놈은 승진하고 아첨하지 않는 놈은 퇴직을 하든가 한직으로 쫓기든가 하는 소동이 일었다.

탈세 사건이 터진 것은 그 무렵의 일이다. 건설 중인 국책 회사를 둘러싸고 부정이 있었다는 사실이 폭로된 것도 같은 시기의 일이다.

채종택은 자기의 인사 쇄신책이 빚어낸 결과라고는 생각하지 않고 모든 책임을 간부 사원들에게 뒤집어 씌웠다. 그리고 심지어는 각 부서의 간부들 책임하에 회사의 장부를 위조하라는 명령을 내렸다. 내게는 회사의 부채를 가장하기 위해 10억 원 남짓한 어음을 끊어두라는 얘기가 있었다. 그런 짓뿐이 아니다. 자기의 돈을 사채 시장에다 풀어놓곤 그 돈을 사채 형식으로 빌려쓰도록 해서 기어이 적자를 만들었다. 그리고 갖가지 정치적 목적을 들먹여 돈을 빼내선 직공들의 공임을 올리지 못하는 이유를 꾸몄다.

나는 나의 최량의 능력을 동원해서 수단을 불구하고 돈을 벌려는 재벌을 위해 봉사하는 일에 회의를 느끼게 되었다. 내 스스로 부정을 저지르며 재벌의 비대화를 도와야 할 까닭이 무엇인가 하고 생각했다.

개인이 돈을 가지고 있어도 결국 사회를 위해서 유용하게 쓰인다는 것이 자본주의의 도의적인 기초일 텐데 그 돈의 대부분이, 가지고 있는 자의 호사를 위해서만 쓰인다면 이건 중대한 문제란 생각에 이르기도 했다.

자본주의는 분명 좋은 소질을 가지고 있을 텐데 T물산은 그 선한 자본주의를 나쁘게 이용하고 있다고 결론을 내렸을 때 나는 T

물산을 그만둘 생각을 했다. T물산을 그만둘 생각을 한 것은 채종택이 사장이 되었을 때 비롯된 것이기도 했다.

주식회사에 있어서 주식을 많이 가진 자가 마음대로 할 수 있다는 건 이미 상식이다. 그러니 대주주의 아들이 사장이 된다는 건 당연한 일이다. 그러나 평생을 평사원으로 있어야 할 사람이 있고 기껏 과장, 부장에서 끝나는 사람이 있는데 능력과 덕망엔 아랑곳없이 연령의 차를 뛰어넘어 사장의 아들이란 조건 하나만으로 사장이 되어 사규를 넘는 인간의 영역에까지 군림한다면 이건 자본주의 이전의 봉건주의라고 아니 할 수 없다. 좋은 자본주의일 수 있자면 이득의 분배는 주식의 안분按分에 따르더라도 인사의 서열은 능력과 덕망에 따른 질서라야 한다.

"나는 자본주의까진 승복할 수 있지만 봉건주의까지 승복할 수는 없다고 생각한 겁니다. 황차 봉건주의에 승복하는 비굴한 자세로 자본주의를 나쁘게 이용하는 무리의 공범자가 될 순 없다고 생각한 거죠. 물론 감정적으로 불유쾌한 사건이 수반되기도 했습니다. 그래서 저는 T물산을 그만둔 겁니다. 다시 돌아가지 않겠다는 이유도 여기에 있고 다른 어떤 회사에 갈 생각이 없는 것도 이 때문입니다."

그리고 나는 다음과 같이 덧붙였다.

"전 자살할 필요조차 없는 송장입니다. 이런 끔찍한 송장이 다시 사회의 표면에 나설 수 있겠습니까."

성유정 씨는 그건 너무나 지나친 자학이라고 했다.

자학! 고상한 말이다. 내겐 이미 자학할 '자기'조차 없는 것이다.

"얘긴 그만하고 아가씨들을 끼어 한잔할까."

하고 성유정 씨는 소파 모서리에 있는 버튼을 눌렀다.

아까의 마담이 요염한 맵시의 아가씨를 둘 거느리고 들어왔다.

"저 민이에요."

데보라 카를 닮은 데가 있는 아가씨가 꾸벅 나를 향해 고개를 숙여 보이곤 성유정 씨 옆에 가 앉았다.

내 옆에 앉은 아가씨는 심이라고 했다.

"심? 심청의 심?"

"그래요."

하며 웃는 그 아가씨의 뺨에 얼룩처럼 보조개가 피었다. 시원한 눈, 바로 선 콧날, 꽃잎같이 그려진 입술. 심은 우아하다고 할 수 있는 아가씨였다.

성유정 씨를 중심으로 얘기꽃이 만발했다.

"쥐새끼가 말에요, 술통에 빠졌거든요. 고양이가 구해줬더니요, 쥐새끼가 술에 취해 간이 커져 갖구, 고양이 놈들 다 나왓! 하더라나요."

"그건 단군 시절의 얘기 아닌가."

"아녜요, 다음이 있어요. 그래 고양이가 뭐랬는지 아세요?"

"뭐랬어."

"찬물 먹구 정신 차려!"

"선생님, 스코틀랜드 사람이 세계에서 제일 깍쟁이래요. 어느

스코틀랜드의 부부가 말예요, 런던의 식당에 들렀거든요. 웨이터가 뭣을 가지고 올깝쇼, 하니까 샌드위치 1인분에 쟁반 2개 가지고 오라더래요. 그래 샌드위치 1인분과 쟁반 2개를 가져다줬더니 샌드위치를 이등분해갖고 남편이 먹더래요. 그런데 여자는 먹지 않고 남편이 먹고 있는 걸 보고만 있거든요. 웨이터가 가서 물었대요. 부인께선 그 샌드위치가 마음에 안 드시냐구요. 그랬더니 여자가 한 소린, 아네요, 저 양반 먹고 나면 저 양반의 틀니를 빌려갖구 먹을 거예요."

아가씨들이 성유정 씨를 대하는 것이 조카들이 외삼촌을 반기는 그런 태도라고 생각하며 나는 웃음을 머금고 그 장면을 지켜보았다.

아득바득 기를 쓰고서도 굶는 듯 먹는 듯하고 있는 미아리 그 판자촌에선 상상도 못할 장면이었다. 그러나 그 요염하게 치장한 아가씨들의 뿌리를 찾아들면 개나 고양이의 시체가 썩고 있는 늪에 이를지 몰랐다.

그래 나는 심이란 아가씨에게,

"집이 어디오?"

하고 물어보았다.

"왕십리예요."

하더니 심은 곧 성유정 씨에게 말을 걸었다.

"선생님, 왕십리 영어 아세요?"

"왕십리 영어? 어떤 건데."

"해볼까요?"

"한번 해봐."

심은 먼저 웃어놓고 씨부렁거렸다.

"시 유 아게, 카마 아게, 하니야. 에브리디 캄캄, 굿 굿, 에브리디 노오캄, 노오굿. 에브리디 캄캄 원 딸라 오케, 에브리디 노오캄, 투 딸라도 노오케. 와쓰마리유, 뒤 씽크 오케이?"

"핫하."

하고 성유정 씨는 웃었다.

"그것 무슨 말이야."

"대학교수님도 모르시겠죠?"

"모르겠어."

"그럼 통역을 해드릴게요. 또 만나요, 또 오세요, 여보. 매일 오면 좋구 매일 안 오면 안 좋아요. 매일 오면 원 달러라도 좋지만 매일 안 오면 투 달러라도 안 돼요. 제엔장, 당신은 어떻게 생각하죠? 알아들었수?"

"가만보니 미스 심은 왕십리 출신이구먼, 아니 양공주 출신 아냐?"

성유정 씨가 넌지시 말했다.

"아이구 망측해, 이래뵈도 난 작가가 되기 위해 관찰한 거에요."

"작가?"

하고 성유정이 놀란 척했다.

"작가라면 소설가가 되겠단 말인가?"

"그럼요. 저애는 화가가 될 거구요. 나는 소설을 쓰구, 미스 민은 삽화를 그리고 해서 언젠가는 베스트셀러를 낼 거예요. 그때 성 선생님도 출판 기념회에 초대하겠어요."

"출판 기념회도 할 작정이구먼."

"하믄요. 출판 기념회를 해야죠. 그때 할 스피치도 다 준비돼 있는 걸요."

"소설은 쓰지 않구 스피치 준비부터 먼저 했나?"

"그럼요. 유비무환 아네요?"

"미스 심, 그 스피치 한번 해봐, 얼마나 웃긴다구요. 선생님 한번 들어봐요."

미스 민이 지레 킬킬대며 한 손으로 입을 가렸다. 성유정 씨도 권했다.

"미스 심 한번 해봐."

"못하겠습니다. 결단코 못해요."

"왜?"

"김이 새니까요. 그런데 선생님 으악새 본 적이 있나요?"

"뜬금없이 으악새는 또 왜."

"아아, 으악새 슬피 운다는 노래 있잖아요. 그 으악새 말이에요."

"본 적이 없는데."

"있긴 있겠죠?"

"있어야만 슬피 울 것 아닌가."

"그런데 그런 새는 없다, 이 말이에요."

"으악새가 없어?"

"없어요. 으악새란 나뭇가지와 나뭇가지가 부딪고 얽힐 때 나는 소리래요."

"으음."

하고 성유정 씨가 생각하는 얼굴이 되었다. 나도 마찬가지였다. 으악새가 그런 것이란 금시 초문이었던 것이다.

"잡학의 대가들만 모인 자리라서 당해내질 못하겠군."

하며 성유정 씨는 미스 심을 보고,

"엘리자베스 레이란 여자처럼 자서전을 쓰지, 왜."

"엘리자베스 레이라면 헤이스 상원 의원과 스캔들을 일으킨 여자 말이에요?"

미스 심의 말이다.

"미스 심이 겪은 연애 편력을 그대로 쓰면 소설이 될걸."

"어느 호스티스의 고백?"

하고 미스 민이 웃었다.

"그런 건 이미 낡았어요. 그리고 연애 편력도 없었구요."

미스 심은 씁쓸한 척 꾸몄다.

"미스 심 같은 미인이 아직 연애를 못했어?"

"너무 계산을 하다보니 그렇게 됐어요. 내 마음에 드는 사람은 진실이 없는 것 같구, 나를 좋아하는 사람은 이편이 싫구…….

사실 정신 똑바로 가진 사람이 바의 호스티스를 진정으로 사랑하겠어요?"

"그렇다고만은 할 수 없어. 내가 아는 호스티스 가운데도 좋은 신랑을 만나 사는 사람이 꽤 많아요."

"성 선생 같은 분이 나를 사랑한다면?"

하고 미스 심이 장난스러운 표정을 지었다.

"재 하는 소리 봐?"

미스 민이 항의하는 투로 성유정 씨의 손을 잡고 투덜댔다.

"괜히 우리 선생 바람내려고 그러니?"

"나이 많은 사람 놀리지 말어."

성유정 씨는 넌지시 말하고 미스 민의 손을 풀었다.

"미스 민도 단념해. 성 선생님같이 싱거운 사람 백날 가도 애인은 안 될 테니까. 물에 물탄 듯, 장에 장탄 듯, 악센트가 있어야지 뭐. 그저 선량하기로만 애쓰는, 뭐랄까? 신사? 군자? 평생 로맨스도 모르고 사실 어른이야. 안타까운 우등생! 상장이나 주렁주렁 달아놓고 손주들에게 자랑이나 하고 만년을 지내실 불쌍한 우리 선생님. 에드워드 8세를 배워요. 탕!"

"아닌 게 아니라 미스 심은 소설가가 될 수 있겠어. 그런데 어때, 미스 심 옆에 있는 그 사나이의 발동을 한번 걸어봐."

하고 성유정 씨는 웃었다.

"부인에게 혼날려구요."

미스 심이 나를 돌아보았다.

"혼낼 부인은 없소."

천연덕스럽게 나도 한마디 했다.

"부인이 안 계시나요?"

"없어, 독신이야."

성유정 씨가 대신 받았다.

"아직 결혼을 안 하셨나요?"

"돌아가셨어."

역시 성유정 씨가 답했다.

"그래서 그처럼 어두우신 거로구먼요."

미스 심은 세상깨나 아는 것처럼 고개를 끄덕였다.

"그 사람이 어두운 걸 어떻게 알았어."

"전 이래뵈도 26년을 살아오며 인생을 봐왔어요. 이분은 허무주의잔가 봐요."

"그렇소, 나는 허무주의자요."

하고 반쯤 남아 있는 스카치 잔을 단숨에 들이켰다.

마담이 오고 기타를 든 아가씨가 들어왔다.

웃음소리에 라틴 음악의 가락이 섞였다.

카사비앙카의 밤이 꿈처럼 느껴지고 나 자신이 꿈속의 사람처럼 느껴지는 시간이 반딧불처럼 명멸했다.

"간혹 집에 놀러와요. 그리고 좋은 아이디어라도 생기거든 연락도 하구."

성유정 씨가 헤어질 때 나보고 한 마지막 말이다. 그 바로 앞엔 택시에서 이런 소리도 했다.

"하인립 씨는 실패할 줄 알았어. 그래 내가 한사코 말린 거야. 그런데 이 군은 꼭 성공할 줄 알았어. 아이디어도 좋았고 계획도 치밀했구, 무엇보다 이 군에겐 능력이 있었으니까. 그래 내 나름대로 도우기로 한 건데……. 그러나 한 번 실수했대서 그처럼 위축할 순 없을 것 아닌가."

이에 대한 나의 답은 이러했다.

"인간에게 있어서 가장 소중한 것을 짓밟지 않는 한, 돈을 벌지 못한다는 걸 알았어요. 자기의 천국을 만들기 위해 무수한 지옥을 만들어야 한다는 것도 알았어요. 그렇게 해서 돈을 벌어 뭣하겠습니까. 나는 히피처럼 살아가렵니다."

그때 성유정 씨는,

"그렇게 살아갈 수만 있다면야……. 히피는 해피라나? 히피엔 철학이 있지. 히피로서 살기 위해서도 아이디어는 있어야 할 것 같은데."

하고 한숨을 쉬었다.

성유정 씨와 헤어져 버스 정류소로 가려는데 집으로, 아니 아내의 곁으로 가기가 싫어졌다. 얼마간의 돈이 호주머니에 있다는 것이 마음을 그렇게 물들인 것이다.

낙원동 후미진 골목을 헤매고 있는데 이제 막 목로술집의 문을 닫으려고 양철칸을 옮기고 있는 중년 여자가 눈에 띄었다. 나는 성큼 그 양철칸을 비집고 술집 안으로 들어섰다.

"문 닫어유, 손님. 장사는 끝났시유."

중년의 여자는 황급히 말했다.

"딱 한잔이면 돼요. 문을 닫으시려거든 닫으세요. 한잔하구 열고 나가면 될 게 아뇨."

주인 여자는 내 인상을 보려는 듯, 즉 위험한 사람이 아닌가 하는 것을 감정이나 하는 듯 양철칸을 놓고 안으로 들어왔다. 나는 얼른 호주머니에 있는 돈을 집히는 대로 꺼내 드럼통 위에 놓고,

"이것 다 드리겠어요. 잠깐 여게서 한잔하두룩만 해주세요, 한잔하구 이 근처의 여관에 가서 잘 테니까요."

하고 정중히 말했다.

중년의 여자는,

"안주가 없는디유."

하면서도 소주 병과 잔을 챙기기 시작했다.

"주인, 문부터 닫으시구려. 시간 넘겨 장사한다고 말썽이나 있으믄 귀찮지 않소."

양철칸으로 막아버려 놓으니 가게 안은 찌는 시루처럼 되어버렸다.

"덥군."

했더니 중년 여자는 방문을 열고 안으로 들어가 들창을 열었다.

"들창 저편엔 뭣이 있소?"

"고물 수집장이 있어유."

그거나마 트여놓으니 숨쉬기가 한결 편했다.

"주인도 이리로 오시오."

중년의 여자는 가까이에 와서 앉기는 했으나 술엔 손을 대지 않았다.

얼른 마흔을 넘긴 듯한 여자로 보였으나 가까이에서 보니 아직 30대에 있는 것 같다. 눈 언저리에 잔주름이 있을 뿐 화장기가 없는 얼굴치곤 그다지 미욱하지 않았다.

"바깥어른은 없소?"

"없어유."

"어딜 갔소?"

"강원도 탄광에서 죽었어요."

"오래되우?"

"3년 넘었에유."

"여게서 장사를 하신 진?"

"1년쯤 돼유."

"고생이겠습니다."

"사는 기 그렇고 그런 기 아녜유?"

"혼자 살기가 쓸쓸하지 않소?"

"그럴 때도 있기는 해유."

나는 왠지 그 여자를 기쁘게 해주고 싶은 욕망이 슬슬 솟구침을 느꼈다.

"혼자 있으면 짓궂게 구는 사람들도 있을 텐데요."

"사람 사는 세상인께유."

"아이들은 없수?"

"친정에다 맡겨두고 있시유."

"친정은?"

"충청도 음성이에유."

나는 문득 생각이 나서 물었다.

"사이다 있소?"

"얼음에 채워놓은 기 있어유."

여자는 물통 같은 데서 사이다를 꺼냈다. 나는 사이다에 소주를 타게 하고 여자에게 한 잔을 권했다.

여자는 약 먹듯이 그 술잔을 마셨다.

"사소주라고 한답니다. 사이다에 소주를 탄 걸 말이오."

그러나 그런 유머는 통하지 않았다. 나는 다시 여자에게 그 사소주를 권했다.

"이러다간 취하겠네유."

"외로운 사람끼리 우연히 이렇게 만나 오늘 밤 우리 한번 취해 봅시다."

"손님이 외로운 사람이유?"

"외롭지 않고서야 이렇게 이 시간에 술을 마시고 있겠습니까."

"가족은 없으시유?"

"없소. 아무도 없소."

"돈은 많으신가 보쥬?"

아까 꺼내놓은 돈이 그냥 드럼통 위에 놓여 있다.

"돈? 이건 오늘 어떤 선배로부터 얻은 거요. 버스값 35원만 빌려달랬더니 이렇게 많은 돈을 주었소."

하고 눈가늠으로 돈 부피를 헤아려 보았다.

5만 원은 족히 될 것 같다.

"이것 다 드리겠소."

하고 나는 그 돈을 여자 쪽으로 밀어놓았다.

"안 돼유, 그런 돈을 내가 왜 받아유."

"난 내일 버스값만 있으면 돼요."

"그래도 안 돼요."

하고 여자는 돈을 내 쪽으로 도로 밀어놓았다.

나는 말없이 잔을 거듭했다.

카사비앙카의 화려한 방이 뇌리를 스쳤다. 소설을 쓰겠다던 미스 심의 얼굴이 눈앞에서 웃었다. 그 반동으로 나는 짓궂게, 추잡하게 이 밤을 망쳐놓고 싶었다.

"아주머니!"

"예?"

여자의 대답이 훨씬 부드러워졌다.

안으면 안길 그런 공기가 서렸다.

"어디 과부가 없을까요. 남자를 원하는 과부, 남자가 그리워 죽을 지경인 과부가 없을까요. 돈도 조금쯤은 가지고 있는……."

"왜유?"

술의 탓인지 내 말의 탓인지 여자의 눈 언저리에 붉은 빛이 돌았다.

"내 물건이 기가 막히거든요. 그저 놀려두긴 아무래도 아까워요. 그거나 실컷 해주고 밥만 얻어먹고 잘 수만 있으면 돼요."

"손님도 짓궂게……."

"농담이 아닙니다. 한번 보여드릴까요? KS 마크, 아니 그것 이상이죠. 보여드릴까요?"

"망측해유."

나는 바지 단추로 갔던 손을 떼고 다시 잔을 들었다. 그리고,

"아주머니도 한잔해요."

하고 잔에 술을 부었다.

"우리 딱 합시다."

여자는 수줍게 잔을 들었다. 나는 그 잔에 내 잔을 부딪혀놓고 단숨에 술을 목으로 넘겼다. 여자도 같은 동작을 하고 있었다.

밤이 이슥해지자 기온은 내렸다. 견디기 힘든 더위는 가셨다.

주전자가 비었다. 다시 술을 청했다.

"이제 술 그만하세유."

하며 바라보는 여자의 눈이 반들반들 윤이 나 있었다.

"그만할까요?"

하고 일어서서 나는 여자의 어깨를 안았다. 땀에 밴 옷의 감촉과 땀냄새가 한꺼번에 나를 자극했다.

"방으로 가유."

여자의 음성은 갈라져 있었다. 나는 방으로 들어가 옷을 벗었다.

여자는 들창을 닫곤 요를 깔고 그 위에 삼베 홑이불을 폈다.

"불 꺼유."

한동안이 지났다.

터지려는 울음을 겨우 참고 열병을 앓는 듯 전신에 경련을 일으키더니 바람 빠진 풍선처럼 푹석 맥을 풀고 여자는 신음 속에 속삭였다.

"나, 나, 이런 거 처음이에유, 이런 일 처음이에유. 애를 둘이나 낳았는데두 이런 거 처음이에유."

"한두 남자 겪어본 게 아닐 텐데 처음이라구?"

"백 명을 겪었으면 뭣해유. 허기사 그렇게 많은 남자를 겪어본 건 아니지만두유. 처음으로 여자 노릇 해본 기분이랑께유."

"그래 말하지 않았소. 그저 놀려두기가 아깝다구."

"정말 아까워요."

하고 여자의 손이 내 사타구니를 더듬었다.

"많은 건 바라지 않아요. 먹여주고 재워주기만 하면 되니까, 과부 하나 소개해요."

침묵이 흘렀다. 그 여자로선 심각한 침묵이었던 모양이다.

"먹여주는 것쯤이야……. 그러나 방이 단칸방이라서유."

"둘이 자는데 단칸방이면 됐지, 뭐 할라고 방이 또 있어야 해요."

"장사를 하자면 방도 필요해유."

"그럼 장사하는 동안 파고다 공원에 가서 앉아 있으면 될 것 아뇨. 아까 내가 왔을 때쯤 해서 돌아오기로 하구요."

"그래도 될까유?"

"되구말구."

그날 밤, 낙원동 그 목로술집의 단칸방에서 나는 오랜만에 죽은 마누라 향숙과 아이들의 꿈을 꾸었다.

장소는 처갓집 사랑 마루였다. 향숙은 사랑 마루에 은이와 숙이를 각각 한 팔로 안은 채 걸터앉아 슬픈 표정으로 나를 바라보고 있었다. 그리고 무슨 소린가를 했으나 알아들을 순 없었다.

그 장면은 마누라가 아이들을 처가에 맡겨놓고 어디론지 내가 떠나는 순간으로 풀이될 수도 있었다. 아아 그 슬픈 눈, 은이와 숙이의 귀여운 얼굴!

나는 흐느껴 울다가 잠을 깼다. 이미 눈물이 말라버렸다고 생각하고 있었는데 꿈길에서 흘릴 눈물은 있었던가, 하는 의식이 고였다.

향숙의 꿈을 꿀 때마다 처갓집 사랑이 나타나는 것은 내 행동에의 뉘우침이 환기한 이미지일 것이었다.

그때 울컥한 광란을 진정하기만 했더라도 가족은 처갓집에 맡기고 발길에 채이고 주먹으로 맞고, 철창 신세가 되는 등, 내 과오와 실패에의 보상을 내 스스로 감당할 방편이 있었다는 훗날에야 해본 후회가 가슴에 사무쳐 처갓집 사랑에 걸터앉은 향숙의 모습이 나타나곤 하는 것일 게였다.

나는 향숙과의 10년 동안의 생활을 회고해봤다. 미아리 아내의 그 앙칼스런 저주에서 벗어나기로 한 결심이 비교적 조용한 마음으로 그때를 회고케 한지도 몰랐다. 난 여태껏 그 당시의 생각을 안 하기로 마음먹고 그런 생각이 떠오를 때마다 북악산 일대를 헤매 내 숨결을 가쁘게 해선 그 영상을 쫓아냈다.

샐러리맨으로서 5년 동안은 그림에 그린 것 같은 단란한 가정생활이었다.

T물산을 그만두었을 무렵에 가졌던 아이디어로써 사업에 착수했을 때만 해도 순조로웠다. 퇴직금이 있었고 저축도 있었다. 계획을 설명하고 부탁만 하면 자금도 모여들었다.

내가 착안한 것은 모종의 전열기였다. 전기로도 밧데리로도 쓸 수 있고 밧데리는 언제든 가정에서 충전할 수 있는, 규격에 따라 용도가 광범한 전열기였는데 나는 그것을 미국의 잡지를 읽으면서 착안했다.

국내에선 아무 데도 그것을 만드는 곳이 없었으며 그걸 만들 계획조차 하고 있지 않다는 것을 확인하고 나는 미국의 상사와 계약을 맺었다. 다행히 친한 미국의 실업가가 있어 보증금도 싸고 로열티도 비싸지 않게 계약을 맺을 수 있었다.

그러나 난관은 상당 규모의 시설이 있어야 하는 것과 주된 기계를 외국에서 도입해야 한다는 데 있었다. 자연 자금의 무리를 하지 않을 수 없었다.

간단한 등산용으로부터 10인 가족의 밥을 한꺼번에 지을 수 있는 것에 이르기까지 각 상품의 구색도 맞추어야 하니 시작부터 공장의 규모를 크게 할 수밖에 없었다. 이렇게 해서 다소의 무리가 겹쳤다.

하지만 특수한 회로 장치가 돼 있어 전열기가 필요로 하는 전력의 10분의 1쯤으로 목적을 달성할 수 있다는 게 강점이었고 그것이 시중에 나가기만 하면 시장을 석권할 수 있는 전망이 확실했다.

하인립 씨에게서도, 성유정 씨에게서도 그밖의 여러 친구에게서도 뱃심 좋게 돈을 빌려낼 수 있었던 것은 이러한 자신 때문이었다.

그런데 뒤에 알고보니 기계를 발주할 때 화인禍因이 만들어지고 있었던 것이다. 대사업체들은 비상한 산업 스파이망을 가지고 있다. 난들 그것을 몰랐을 까닭이 없다. 그래 모든 일을 극비리에 진행시켰고 자금 융통을 위해 돈을 빌릴 때도 돈을 빌릴 확신이 서기까진 전열기 공장을 할 작정이란 대범한 설명 이상은 하지 않았다. 그리고 돈을 빌리고 나선 좀더 상세한 설명을 했는데 그럴 땐 절대로 비밀을 지킬 것을 당부하고, 만일 비밀이 새기만 하면 빌린 돈을 갚지 못하게 될지도 모른다는 못을 박기까지 했다.

재벌들의 부는 무서울 정도로 불어간다. 그 불어가는 돈을 은행 금리를 받을 정도로 해서 사장할 순 없다. 새로운 투자 방도를 찾아 돈이 돈을 몰아오도록 하자면 이득이 있고, 경쟁이 덜한 물건을 만들어야 한다. 그 때문에 대사업체는 수많은 산업 스파이를 중소기업을 비롯한 각 업체에 침투시켜 제조 품목 또는 제조 과정의 정보를 입수하려고 서둔다.

중소기업이 수지가 맞을 만할 때 넘어지는 것은 이 때문이다. 대재벌이, 그것이 이득이 있다고 판단했을 때는 중소기업이 생각도 못할 정도의 규모로 생산을 해선 덤핑을 해치운다. 덤핑은 경쟁 상대인 중소기업이 넘어질 때까지 계속된다.

그러나 공업이 고도로 발달된 이 마당에선 산업 스파이의 대상이 되는 것은 그다지 흔하진 않다. 그러니 내가 계획하고 있는 전열기 같은 것은 스파이들이 호시탐탐 노리는 부류에 속한다.

내 실수의 원인은 그 기계의 발주를 어느 재벌에 속한 무역 회사에 맡긴 데 있었다.

그 무역 회사에선 어느 원자재, 어느 기계의 발주 의뢰가 있으면 그 목록을 일단 재벌의 총본부로 올리게 되어 있었다. 재벌의 본부에 있는 분석실에선 원자재, 또는 기계의 용도를 분석해낸다. 모르는 것이 있으면 외국에 파견된 지사원을 시켜 조사케 한다. 거기에 내 기계가 걸려든 것이다.

이것도 역시 뒤에 안 일이지만 나의 발주 서류는 내가 의뢰한 날짜보다 한 달이나 늦게서야 발송되었다.

시설이 완비된 것은 착수한 지 1년 만이고 시제품이 나온 것은 그로부터 2개월 후다.

그 무렵 나는 미국에 있는 친구로부터 편지를 받았다. 한국의 모 재벌에서 그 전열기의 특허를 사러 와 있는 모양이니 빨리 미국으로 건너와 다른 회사와 계약을 못하도록 계약 갱신을 하라는 내용이었다.

나는 무슨 소린가고 내가 가지고 있는 계약서의 원본을 읽어보았다. 다른 회사완 계약을 못하게끔 규정한 조목이 분명히 있었다.

그러나 나는 상대방 회사에게 배신하는 일이 없도록 하라는 당부를 적은 편지를 보내긴 했다.

편지를 보낸 그날 밤에야 나는 깜짝 놀랐다. 한국 내의 다른 회사에 특허권을 팔지 못하도록 규정은 해놓았으나 위약을 했을 때의 보상 규정이 너무나 약하다는 사실을 발견한 것이다.

보증금 5만 불인데 위약했을 때의 보상 규정은 그 2배인 10만 불이었다. 전열기의 장래성을 보아 재벌이면 그만한 보상금을 대신 물어주고도 특허권을 사려고 덤빌 것은 뻔한 일이었다.

나는 미국의 그 회사에 전보를 치는 한편 외무부에 여권 수속을 했다. 그런데 며칠을 두고 땀을 뻘뻘 흘리며 돌아다녀선 서류를 구비해냈는데도 외무부에선 좀처럼 여권을 내주지 않았다. 한 달이 가고 두 달이 갔다. 나는 심지어 외무부 직원이 그 재벌과 짜고 나를 방해하는 것이라고까지 오해하게끔 되었다.

그동안 공장은 돌아가고 있으나 이미 내 정신은 아니었다. 재벌에 있어본 나의 경험으로 같은 업종을 가지고 재벌과 경쟁해선 절대로 안 된다는 사실을 알고 있었기 때문이다.

2달 반 만에야 손에 넣은 여권을 쥐고 나는 미국으로 날아갔다. 처음으로 간 미국인데도 그 풍광이며 경색이 눈에 들어올 리 없었다.

시카고에 있는 그 회사를 찾아갔더니 부사장이란 초로의 사나이가 쌀쌀하게 말했다.

"고소를 한다면 응소하겠소. 배상금은 귀국의 거래 은행으로 보내놨으니 곧 통지가 갈 겁니다."

만사는 끝난 것이었다.

가을바람이 일기 시작한 미시간 호에 몸을 던지려다가 마누라와 아이들이 눈에 어른거려 얼빠진 몰골로 서울에 돌아왔다. 돌아와보니 그 전열기가 아주 헐값으로 백화점에 나돌고 있었다. 내 사업을 가로챈 그 재벌이 관세의 액수엔 구애없이 수입해 들여와 덤핑을 함으로써 내가 만든 상품의 시장 진출을 막아놓은 것이었다. 그렇게 해서 내가 쓰러지고 난 뒤 그들은 전열기를 양산해선 이득을 취할 참인 것이다.

그때 나는 마음을 먹었다.

'오냐, 네놈들이 죽이기 전에 내가 죽어주마. 내 가족과 더불어 몽땅 죽어주마. 내 저주를 받고 네놈들은 천만 년을 살아봐라.'

채권자들이 광풍처럼 몰려왔다. 빚더미에 앉아 변명할 말도, 언제쯤 갚을 수 있겠다는 말도 할 수가 없었다. 거짓말 이외는 꾸며댈 수가 없었기 때문이다. 보상금을 찾았으나 빚에 비하면 구우九牛의 일모一毛 격이었다.

채권자에게 시달리는 집의 주부가 어떤 상황으로 되는가는 겪어보지 않은 사람들에겐 알 까닭이 없다.

채권자에게 시달리는 집의 아이들이 어떻게 처참한진 겪어보지 않은 사람들에겐 알 까닭이 없다.

사기꾼이란 말이 내 이름처럼 되었다. 아이들은 사기꾼의 아이들이 되었고 마누라는 사기꾼의 마누라가 되었다.

이러한 고통을 참아가며 살 가치가 있는 것인가를 그야말로 진지하게 생각하게끔 되었다.

그래도 자살할 각오는 서지 않았다.

"오냐 죽어주마."

하고 마음속에서 울부짖었지만 그것은 관념이었지 구체적인 행동이 되기엔 좀더 수모를 겪어야 했다.

그러한 어느 날이다. 은이가 풀이 죽어 학교에서 돌아왔다. 채권자의 일부가 응접실에서 호통을 치고 있었기에 초등학교 2학년짜리인 소년이 왜 풀이 죽어 있는가 묻지를 못했다.

그날은 마누라가 그 재벌의 중역으로 있는 내 선배를 찾아간 날이기도 했다. 나의 감정은 공장을 불살라버릴망정 그 재벌에 넘길 생각은 없었지만 채권자들의 사정을 조금이라도 보아주기 위해선 치욕을 참아야 했다. 그 선배와 내 마누라는 잘 아는 사이이기도 해서 마누가가 나선 것이었다.

울어 눈이 퉁퉁 부어 통금 시간 가까스로 집으로 돌아온 마누라의 갈팡질팡한 얘기를 정리하면 다음과 같이 되었다.

이왕 그 사업을 하실 요량이면 이미 시설이 되어 있는 우리 공장을 송두리째 사는 것이 어떻겠느냐고 했더니 선배의 답은 이랬다.

"모처럼 마음먹고 시작한 일이니 계속해보시지 그래요."

형편이 안 된다고 하니까,

"사업을 아무나 할 수 있는 것으로 알고 덤빈 것이 잘못이야."
란 말이 있었고,

어떻게든 인수해줄 수 없느냐고 간청을 했더니,

이미 공장을 짓고 있고 기계 발주도 해버렸으니 시기가 늦었다는 말과 함께 꼭 인수해야 할 경우이면 하고, 내가 그 공장 건설을 위해 들인 돈의 20분의 1쯤 되는 액수를 들먹여보더라는 것이다.

마지막 길이 거기서 막혔다.

공장을 내놓아보아야 기계는 고철값이 될 것이어서 기껏 토지 대금이 남을 정도가 뻔했다.

채권자들의 성화가 지나간 깊은 밤에 나와 마누라는 의논을 했다. 살아 있어가지곤 감당할 수 없다는 결론이 나왔다. 나는 일체의 재산 목록과 인감을 싸서 놓고, 고문 변호사 앞으로 편지를 썼다.

'이것밖엔 없습니다. 모든 채권자들에게 내 사과를 전하고 이걸로 가능한 한 처리를 해주십시오.'

마누라는 그 편지를 말끄러미 들여다보고 있더니 내 무릎에 엎드려 통곡을 시작했다.

"당신만 죽게 할 수 없어요."

"당신만 죽게 할 수 없어요."

아아, 그 처랑한 소리!

그런데 초등학교 2학년인 은이가 언제 왔는지 방 가운데 서 있었다.

나는 오후의 일을 상기했다.

"은이야, 왜 오늘 풀이 죽었지?"

"급장을 그만두랬어요."

은이가 떨리는 말로 조용히 대답했다.

"왜?"

"사기꾼의 아들이 어떻게 급장 노릇을 하겠느냐는 거지 뭐."

언제 왔는지 바로 내 등 뒤에 서 있는 숙이의 말이었다. 숙이는 초등학교 4학년이었다.

"뭐라구? 선생이 그런 소릴 했어?"

나는 그때 벌써 내 정신이 아니었다.

"선생님이야 그런 말 안했지만……. 다 알아요."

숙이는 찔금찔금 눈물을 짜고 있었다.

"좋다, 내일 모두 해결할게. 오늘 밤은 자자."

자기 방으로 가려는 아이들을 오늘 밤은 같이 자자면서 요를 두 개 깔았다. 나는 숙이를 안고 자고 마누라는 은이를 안고 잤다. 아이들이 잠든 것을 확인하곤 나는 문이란 문, 창이란 창을 단단히 잠갔다. 그리고 부엌에 있는 가스레인지의 꼭대기를 떼와선 방 한구석에 놓고 가스를 틀었다…….

미아리 아내의 집에 영영 들어가지 말까 했으나, 종결을 지음으로써 뒤를 깨끗이 할 필요가 있었다.

그 이튿날 밤이 되길 기다려 나는 미아리로 갔다.

아내는 아직 돌아오지 않고 있었다.

나는 언제나 하는 버릇으로 경대 밑에 쑤셔놓아져 있는 옛날 《아리랑》 잡지를 꺼냈다. 아마 몇십 번을 훑어보았는지 모를 그 잡지를 첫 장부터 넘기기 시작했다. 책의 모서리 술은 너무나 많은 손길이 지나갔기 때문에 솜처럼 부풀어 있다. 영어에 있는 '독이어드'— 개 귀처럼 되어 있다는 말은 참으로 잘된 표현이다.

여느 때 같으면 그 책장을 차근차근 넘겨보고 마지막 편집자 이름까지 훑어보고 책 뒷면에 있는 '제3종 우편 인가'를 받은 날짜까지 다 읽고, 그래도 아내가 돌아오지 않으면 골목 어귀까지 나가보곤 했다. 아내가 오늘 밤 돌아오지 않았으면 좋겠다는 생각과 돌아왔으면 좋겠다는 생각이 얽힌, 기다리는 것도 아니고 기다리지 않는 것도 아닌 그런 묘한 심정은 이 세상에 숱한 남자가 있다고 해도 아마 나밖엔 모를 것이다.

나는 끝까지 뒤지지도 않고 《아리랑》 잡지를 아무렇게나 내동댕이치고 방바닥에 벌렁 드러누웠다. 그러자, 이제 내가 없어지면 또 다른 놈팽이가 저 《아리랑》 잡지를 읽어야 할 것이 아닌가 하는 생각이 들었다. 그래 일어나 앉아 그 잡지를 얌전히 접어, 경대 밑 틈서리에 보일 듯 말 듯 꽂아놓았다.

아내가 돌아온 것은 자정 조금 지나서였다. 방 가운데 웅크리

고 앉은 나를 힐끔 보더니,

"이젠 제법이야? 외박을 다 하시구."

하고 싸늘하게 웃었다.

그건 곧 앙칼이 발동한다는 예보이기도 했다. 나는 이왕 헤어지는 마당엔 그런 소란을 피해야겠다고 마음을 먹었다. 나는 점잖게 말했다.

"거 좀 앉아요."

"앉았거나 섰거나 할 말이 있으면 해요."

후닥후닥 옷을 벗어젖히며 한 소리였다.

"당신 나와 헤어지길 소원했지."

"그럼요."

"나도 각오했어, 헤어지기로. 그래, 오지도 말고 사라질까 했지만 그건 도리가 아닌 것 같아서 그 말 하러 왔소."

"흥."

하며 아내는 경대 앞에 앉아 화장을 지우기 시작했다.

"그럼 나는 갈라우."

하룻밤쯤은 여기서 새고 가려는 마음이었는데 돌연 이렇게 변했다. 내 작정엔 공중전화 박스가 있었다.

'혹시 오늘 밤 그 천사의 소리를 들을 수 있을지 모른다.'는 생각이 나를 일으켜 세운 것이다.

내가 열어젖혀진 문으로 그냥 나가려고 하니까 아내가 후다닥 일어서더니,

"조금 기다려요."

하고 내 팔을 끌었다.

"……?"

"헤어지는 판에 송별회는 있어야 할 것 아뇨?"

딴으론 그렇다고 생각했다.

아내는 화장을 지우다 말고 속치마 바람으로 밖으로 나갔다.

소주 2병, 맥주 2병, 북어와 오징어를 사들고 돌아오더니 부엌에 가서 밥상에 김치와 술잔을 얹어 들여왔다.

앙칼스런 표정은 온데간데없고 상냥한 여자만 거겐 있었다. 나는 콧등이 시큰하는 것을 느꼈다. 미운 정 고운 정이라더만 그런대로 정은 들었던 모양이라고 속으로 쓴웃음을 지었다.

"먼저 맥주부터 합시다."

하고 아내는 내 잔과 자기 잔에 맥주를 부었다.

"자, 들어요."

나는 단숨에 맥주 잔을 비웠다. 차고 청량한 맥주가 후덥지근한 폐장 속을 산간의 시냇물처럼 흘러내려간 기분이다.

"헤어지는 건 멋져. 이별의 미아리 고개도 멋지구. 그런데 어딜 갈 거요."

"나 취직을 했어."

"취직을? 어디, 취직을 했수."

"과부집에 취직을 했어. 먹여주고 재워주긴 하겠대."

"안성맞춤 자리를 구하셨네요."

"나도 그렇게 생각해."

"아닌 게 아니라 내 같은 넌, 이 사립문만 나가고 나면 말쑥이 잊어버릴 거라. 오죽 지긋지긋하게 굴었다구."

아내는 두 병째의 맥주를 땄다.

"아냐, 종종 생각이 날지 모르지. 뭐니뭐니해도 2년 동안 당신 덕택으로 굶지 않고 살았으니까."

이것이 나의 진정이었다.

"내가 어디 당신을 사람 대접이나 했수? 이렇게 되고보니 좀 더 잘해줬더라면 하구, 후회가 되는구먼요."

아내는 꽉 차 있는 맥주잔을 나에게 돌리고 자기는 다른 잔에 소주를 따랐다.

"아냐, 나는 사람 대접을 받을 만한 인산이 아냐. 내가 어떤 사람이란 걸 알면 당신은 날 곁에도 못 오게 했을 거요."

하마터면 내 신상을 고백할지 모른다는 위험을 느꼈다. 아내는 내게 대해서 전연 아는 바가 없다. 학력도 경력도 그리고 그 끔찍한 사건도.

"당신을 처음 만난 밤……."

하고 아내는 추억을 더듬으려는 눈치였다. 처음 만난 밤이란 내가 두 번째의 자살에서 실패했다는 걸 알고 허둥지둥 병원에서 빠져나온 그날 밤을 말하는 것인데 아내는 물론 그 사연을 모른다. 나는 목이 마른 바람에 병원 뒤편 거리에 늘어선 대폿집의 한 군데에 기어들어가 사이다 한 병을 청해 마셨다. 아내는 그 집의 작부로 있었던 것이다.

사이다를 마시고 소주를 마셨다. 사업에 실패해서 집도 절도 가족도 없어졌는데 갈 곳은 한강밖에 없다고 지껄이고 있는 나에게 아내는 이렇게 말했다.

"만리 같은 청춘이 있는데 죽긴 왜 죽어요. 보매 인품이 좋은 어른인데 참고 견디면 좋은 일이 있을지 누가 아우. 쥐구멍에도 볕들 날이 있다는 말이 있잖수."

그러곤 폐점 시간이 되자 올 데 갈 데가 없다는 나를 끌고 이 집으로 온 것이었다. 덕택에 나는 2년 동안을 숨어 살 수가 있었다.

아내로선 허우대도 그만하고, 얼굴도 반반하고 막상 까막눈은 아닌 것 같고 악인 같지도 않은 내게 뭔가 은근한 기대가 있었을 것이었다. 그런데 내가 완전한 무능력자라는 것을 깨닫게 되자 아내는 여우처럼 음흉하고 불호랑이처럼 앙칼스럽게 굴기 시작했다. 그러면서도 말 그대로 나를 내쫓지 못한 단 한 가지 이유는 남성으로서 탁월한 내 물건에 대한 애착이었을 것이다.

내가 아내와 2년 동안을 지낼 수 있었던 건 아내의 그 앙칼스런 성정, 어느 모로 보나 애착할 곳이란 없는 바로 그 점이었다고 하면 이상하게 들릴는지 모르나 그건 사실이었다. 만일 아내가 내게 다정스럽게 굴어 내가 아내에게 애착할 수 있었더라면 나는 죽은 향숙과 아이들에 대한 죄책감이 훨씬 더해서 아마 성공했을지 모르는 제3차의 자살을 기도했을지 모를 일이다.

"초상난 집도 아니고 이게 뭐요."

하고 아내는 내 잔에도 소주를 따랐다. 그리고 푸념을 섞어 말을 시작했다.

"이별은 좋은 사람 만나기 위한 이별이 아뉴? 쓸쓸할 것 뭐 있수. 두고 두고 내 욕 많이 하고 오래오래 잘 사슈. 돈 많은 과부 만났으면 호강도 할 끼구……. 마음 내키거든 새 양복 한 벌 쫙 빼입고 넥타이 매고 관철동 그 집을 한번 찾아주시구랴."

아내는 술에 취한 모양으로 혀가 꼬부라졌다.

"당신도 좋은 남편 만나 잘사시오."

"내 팔자에 좋은 남편? 웃기지 말아요. 그런데 당신 오늘 밤 꼭 송별연은 해줘야 해요. 내 깨끗이 씻고 올게요."

아내는 비틀거리면서 부엌으로 내려갔다. 육체의 송별연을 위해 뒷물을 할 요량인가 보았다.

그러나 송별연은 엉뚱하게 뒤틀리고 말았다.

막바지에 이르자 아내는 돌연 이를 뽀드득 갈았다.

"아이구 죽어, 어떤 년에게 내가 이걸 뺏겨. 삼수갑산까지라도 내가 못 따라갈 줄 알아? 그년을 그냥 둘 줄 알아? 찢어죽일 게다. 아아 죽겠다, 죽어, 어떤 년에게 내가 이걸 뺏겨, 아이구 이놈아 사람 죽는다, 이놈이 사람 죽이네……."

결국 나는 도로아미타불이 되었다.

하워즈 휴즈 같은 노인은 만나지도 못하고 복권도 당첨되지 않고 간첩도 붙잡지 못한 채 미아리 그 방에 들어앉아서 가끔 경대 밑에 꽂아둔 《아리랑》 잡지나 뒤적이며 그날 그날을 보내는 신세로 남아 있게 된 것이다.

여름이 가는 어느 날 하인립 씨의 뒷일이 궁금해서 김장길 변호사에게 전화를 걸었다.

선고 유예로서 하인립 씨는 풀려난 지가 열흘쯤 된다며 성유정 씨와 하인립 씨 두 분의 간곡한 전갈을 전한다고 했다.

그 사유는 바로 내일이 성유정 씨의 생일이니 그 생일을 자축하는 동시 하인립 씨를 위로하는 뜻을 겸해서 성유정 씨의 댁에서 연회가 있으니 꼭 참가하라는 것이었다.

나는 성유정 씨 같은 사람이면 생일을 자축도 타축도 할 만하다고 생각했지만 그 연회에 나갈 생각은 없었다.

그랬는데 그 시각이 되고보니 슬그머니 생각이 변했다. 아내가 최근에 사준 남방셔츠를 입고 저녁나절을 노려 가회동에 있는 성유정 씨의 집 근처에 갔다.

손님의 내방을 위해 대문이 열려 있었다. 나는 누구에게 알릴 필요없이 사랑 쪽의 뜰로 들어설 수가 있었다. 그러곤 숲과 담벼락 사이에 있는 공간에 몸을 숨겼다. 내 목적이 바로 그것이었다. 나는 연회에 참석하지 않고 연회의 모양만 구경하고 싶었던 것이다.

주위가 어둑어둑해지자 손님들이 모여들었다. 사랑 대청엔 이미 음식상이 준비되어 방장을 치고 있었다.

손님들 가운데 내가 커피 세례를 준 P 교수와 '돈이 썩기로서니 남이 사기한 돈 뒤치락거리할 사람이 있겠소.' 하고 자리를 뜬

C 전무와 하인립 씨가 너무 권력에 밀착해 있대서 비난한 N씨가 섞여 있는 것이 흥미를 끌었다.

하인립 씨는 조금 늦게야 왔다.

연회가 시작되었을 때 나는 바짝 대청 가까이 가서 화단 언저리에 있는 무궁화나무 그늘에 몸을 가누었다. 거게선 말소리가 대강 들렸다.

하인립 씨가 들어서자 모두들 일어섰다. 저마다 말은 조금씩 달랐지만 나쁜 놈 때문에 엉뚱한 고생을 했다는 뜻만은 일치하고 있었다. 그러나 하인립 씨는,

"아닙니다. 난 그만한 고통은 치러야 할 사람입니다. 부끄럽습니다."

하고 겸손해했다.

"하인립 씨는 가시 없는 장미라……."

하고 P 교수가 한바탕 칭찬을 했다. N씨는

"내가 많은 사람을 겪어봤지만 하인립 씨처럼 순수한 사람은 드물어."

했고, C씨의 말 첫마디는 못 알아들었는데 뒷말은 이랬다.

"…… 엉뚱한 사람만 나타나지 않았더라면 40만 원은 내가 조달할 수도 있었는데."

그러자 성유정 씨가 그 엉뚱한 사람이 누구냐고 묻는 모양이었다. 눈치가 빠른 C 전무는 성유정 씨와 나와의 관계를 알아차렸는지,

"그 그만둡시다. 여게 없는 사람 얘긴 안 하는 게 좋을 것 같소."
하고 뭉개버렸다.

화제가 이리 뛰고 저리 뛰어 종잡을 수가 없었다. 그러다가 누군가가 물은 모양이었다. 하인립 씨가 말하는 소리가 들렸다.

"할 형편만 되면 나는 당장이라도 사업을 하겠소. 쓴 것 단 것 다 알았으니까요. 그런데 운명은 이상한 거라 실패를 거듭해서 겨우 사업을 할 만한 지각이 생겼을 땐 돈이 없거든."

모두들 핫하 하고 웃었다.

하인립 씨는 그 웃음소리를 자기에 대한 찬사로 들은 모양이었다. 우쭐하는 기분이 없지도 않은 것 같은 투로 말을 다시 시작했다.

"사업이란 겁나는 거더만. 사업을 하지 않을 땐 자신이 없는 것이면 안 된다고 딱 잘라 말할 수 있는데 사업을 해보니까 그게 안 돼요. 뻔히 안 되는 것도, 글쎄요 한번 생각해보죠 하는 따위의 말이 나오거든요. 뿐만 아니라 될지 안 될지 모르는 그런 것을 꼭 됩니다 하고 말해야 할 경우가 있어요. 처음엔 그런 말을 한 것이 후회가 돼서 잠을 못 잘 정도로 후회도 하고 걱정도 했는데 시일이 가면 그게 예사가 된단 말요. 요는 사업을 하면 사람 잡치는 거라."

"그래도 사업을 하겠다는 거야?"

성유정 씨의 목소리였다.

"그러니까 사업을 해서 성공을 해야겠다는 거요. 성공만 하면

잡친 사람을 도로 안 잡치게 하거든요. 오늘날 보시오, S·K·H 등 대재벌의 총수들은 아마 거짓말 한마디 않고 살 수 있을 거요."

"수탈과 착취 위에 서서?"

한 것은 아마 N씨인 것 같았다.

하인립 씨는 주택 사업을 했을 때에 실패담을 얘기하기 시작했다. 자재부 책임자와 현장 책임자를 형제에게 맡긴 바람에 자재와 시간의 로스를 가져와 그것이 치명적인 원인이 되었는데 그런데도 자금만 넉넉했으면 커버할 수 있었던 것을 그렇게 안 됐기 때문에 실패했다는 얘기였다.

이어 하인립 씨는 복개 사업을 해서 상가를 만든 사업 얘기를 시작했다. 그건 내겐 초문인 얘기였다. 내가 세상의 표면에서 사라지고 난 뒤의 일인 것이다.

"3천만 원씩 내가지고 둘이서 6천만 원으로 회사를 만들었지. 공사할 토건 회사를 선택한 것은 R였어. 그런데 공사를 5분의 1도 안했는데 기성고既成高에 따른 공사비를 내라는 거야. 그럴 약속이 아니었거든. 완공을 하고 난 뒤에 상가의 보증금 받은 돈으로 공사비를 주게 돼 있었거든. 그러나 자금 사정이 달려 못하겠다는 것을 어떻게 해. 공사비를 마련하기 위해서 증자를 하자는데 내겐 돈이 없었거든. 내버려두면 이미 든 돈 3천만 원을 쓸모없이 포기해야 할 사정이 된 거야. 하는 수가 있나. 나는 증자를 승인했지. 그래 반 가지고 있던 주식이 25퍼센트로 된 거라. 그것이 또 12.5퍼센트로 되구……. 알구보니 그 토건 회사와 R은 미리 결탁되어 있었더만. 그래 나는 빈털터리가 되었소."

"결국 자본이 모자라 실패했단 얘기 아닌가."

성유정 씨의 소리였다.

"이를테면 그런 거지."

"자본이 약한 사람이 자본이 강한 사람에게 지는 건 당연한 일 아닌가. 그런데 뭣 때문에 그런 새삼스러운 소릴 하고 있어."

나무라는 듯한 투로 성유정 씨가 말했다.

"자본주의에 의한 희생자다, 그 말 아닌가."

P의 목소리였다.

"자본주의에 의한 희생자가 아니구 자본주의를 깔보고 덤볐다가 호된 벌을 받은 거지 뭐."

이렇게 하인립 씨가 말하자 성유정 씨는,

"알곤 있구나."

하고 웃었다.

화제는 국제 정세 얘기, 국내 정세 얘기로 옮아갔다.

나는 부글부글 끓는 울분을 참을 수가 없었다. C 전무, P 교수, N씨를 면박해주고 싶은 충동이 일었다. 내가 그 자리에 나타나는 것만으로도 면박의 효과가 될지 몰랐다. 그러나 그보다도 그런 따위와 좋아라고 어울려 술을 마시고 있는 하인립 씨가 미워 못 견딜 지경이었다.

'저렇게도 주책이 없어가지구…….'

나는 드디어 결심했다. 천만 원 부채를 갚지 못하는 대신

C·P·N의 가면을 벗겨 세상의 잔인함을 알림으로써 천만 원어치의 봉사를 하인립 씨에게 해야겠다는 결심이었다.

무궁화 숲을 벗어나 대여섯 걸음 걸으면 축대가 있고 축대의 계단 다섯 개만 밟아 오르면 연회장인 대청마루 정면에 설 수가 있는 것이다.

몸을 일으키려고 했다. 그랬는데 너무 오래 쪼그리고 앉아 있었던 탓인지 무릎이 삐걱하더니 땅바닥에 뒹굴고 말았다.

한참을 뒹군 채 있다가 가까스로 몸을 일으켜 세우는데 어떤 환상이 눈앞에 스쳤다. 그 환상이란 이제까지 보아왔던 대청마루의 연회 광경이었다.

'그들은 무슨 짓을 했건 무슨 말을 했건 가정을 지키고 있는 사람들 아닌가!'

'그들은 사랑하는 마누라와 아이들을 죽인 사람들은 아니지 않는가!'

'그들은 비겁하고 간사스럴망정 인간들이 아닌가. 사람의 탈을 쓰고 있지 않은가!'

'그런데 나는? 나는?'

인간들의 향연을 지척에서 보며 나무 그늘에 웅크리고 앉아 있는 나의 몰골이 그냥 나의 존재의 의미라고 생각했을 때 두상에 찬란한 별들이 빛을 잃었다.

어떤 화제로서의 발전인지,

"도의가 이처럼 땅에 떨어져선……."

한 것은 C씨.

"가치의 혼란이 이 모양인데 도의가 설 까닭이 있소?"

한 건 P 교수.

"그래도 차츰 질서가 잡혀가지 않소?"

하는 건 C 전무.

"세상은 일국一局의 바둑이야."

하는 하인립 씨는 한숨을 섞었다.

"20년 전만 해도 성유정 씨의 생일 잔치엔 기생 아가씨들이 사랑 놀음을 왔었는데."

"기생도 보통 기생이던가. 국창들이 왔었지, 반선회, 박만월, 김초희……."

P 교수는 사뭇 감개무량하게 말했다.

노래가 나올 테지, 하고 있는데 아니나 다를까 P 교수가 '황성 옛터에……' 하고 시작했다.

C 전무는 내가 질세라 하는 투로 일본 노래를 불렀다. N씨는 점잖게,

"아아 목동아"

돌연 하인립 씨가 기성을 질렀다.

"쨍 하고 해뜰 날 돌아온단다……."

성유정 씨 평대로 하인립 씨는 삼국 제일의 주책바가지인 것이다.

나는 설 수가 없어서도 아니고, 내가 거기 있었다는 것을 들킬까

봐 겁이 나서도 아니라, 짐승처럼 기어서 샛문 있는 데까지 왔다.

그리고 샛문을 열고는 가회동 골목을 달려 내려오는데 '짐승처럼 기어야 한다.'는 명령 같은 소리가 몇 번이고 내 뇌리에 메아리를 남겼다.

나는 한강으로 나갔다. 깊게 물이 고인 곳을 골라 다리에 기대섰다.

내가 여기서 몸을 던지기만 하면 P다, C다, N이다 하는 인간들을 넘어설 뿐 아니라 하늘의 별로서 복원할 수 있다는 것을 나는 알고 있었다.

동시에 나는 한강에 몸을 던지지 않을 것이란 내 마음을 알고도 있었다. 난 이미 자살할 자격마저 상실하고 있는 것이다. 긍지 없이 사람은 자살할 수가 없다. 동물이 자살을 못하는 까닭이 여기에 있다. 나는 동물과 같은 굴종을 통해서 이 세상 끝까지 남아 있어야 할 것으로 믿는다. 내 죄업을 보상하기 위해서가 아니다. 보상을 하려 해도 할 수 없는 지옥을 마련하기 위해서다. 그러기 위해선 나는 미아리와 아내 곁으로 돌아가야 하는 것이다.

장엄한 밤이란 것이 있다.

가령 나폴레옹의 밤과 같은 것이다.

마렝고의 밤도 장엄했다. 아우스터리츠의 밤도 장엄했다. 워털루의 밤도 장엄했다. 세인트헬레나의 밤도 예외가 아니었다.

정각이 되면 도어를 열고 들어와 시복 마르샹이 공손하게 최경례를 한다.

"황제 폐하, 만찬의 준비가 되었습니다."

나폴레옹의 착석을 기다려 신하들이 정장을 하고 차례대로 들어와 식탁에 앉는다.

만찬이 끝나면 잠깐 동안의 잡담. 그러곤 라스 카즈에게 회상을 구술한다.

"유럽은 이성에 의해 승복시켜야 했다. 검에 의해 정복할 것이 아니었다……."

그러나 이런 잠꼬대까지도 장엄한 것이다.

밤이 깊으면 세인트헬레나에서의 애인 아르비느가 침상을 찾는다.

아르비느는 나폴레옹의 딸을 낳았다. 나폴레오네란 이름이다. 장엄한 세인트헬레나의 밤이 만든 딸이다.

그런데 나의 밤은 장엄할 까닭이 없다. 장엄할 수 있는 계기는 있었다. 한강에서 몸을 던지기만 했더라면 장엄이 별처럼 한강에 쏟아져 내렸을 것이었다.

장엄은 나폴레옹에게만 귀속시킬 수밖에 없다. 왜? 내겐 회상록을 쓸 만한 회상이 없기 때문이다. 나폴레옹처럼 워털루에서 역사에 의해 패배한 것이 아니고 쓰레기통에 버려야 할 휴지만도 못한 돈에 패배했기 때문이다.

나의 밤은 몇 해가 묵은 《아리랑》 잡지의 그 볼품 없이 피어오른 책장의 부피와 같으면 그만이다.

세월과 더불어 낡아버린 기사와 기록, 생명은 사라지고 형태만 남은 무의미한 활자의 나열이라고 생각하겠지만 그 잡지는 내게 있어서 성서의 역할을 하게 한다. 내가 잡지에 애착하는 것은 미아리의 그 방에 있는 유일한 책이란 때문만도 아니다. 나는 거기서 동서고금에 걸친 영락의 사상을 모조리 조립할 수가 있고, 뿐만 아니라 그 옛날 나폴레옹과 더불어 무지개를 쫓아다니던 시절 내 뇌리에 새겨진 시를 발견할 수도 있는 것이다.

프랑스의 황제와 세인트헬레나의 거리는? 그건 아무도 모른다. 왕관이 너무나 눈부시기 때문이다. 왕들은 식탁에 앉았고 왕비들은 일어서서 춤춘다. 맑은 날씨 다음엔 눈보라가 있게 마련이다.

"그렇다, 나폴레옹도 죽었다."

하물며 네놈들이사!"

장엄은 하늘에 별들과 더불어 있었다.

* 출전: 《한국문학》, 1976년 9월.

철학적 살인

철학적 살인

사랑하는 아내에게 과거가 있었다는 것과 그 과거의 사나이와 아내가 정을 통하고 있다는 사실을 알았을 때, 남편은 어떻게 해야 하는 것일까. 상황에 따라 성격에 따라 갖가지의 태도와 행동이 있을 것이다. 민태기閔太基의 태도와 행동은 그런 경우에 있어서의 대표적인 하나의 예가 되지 않을까 한다.

민태기는 30대의 중간에 있는 나이로 나라에서도 굴지하는 대상사회사의 부장이며 미구에 중역으로 승진할 앞날을 가진 사람이다. 아내 김향숙은 부유한 집안의 딸로서 자란, 재능과 미모가 함께 뛰어난 갓 서른을 넘긴 여성이다. 그리고 두 사람은 금슬이 좋기로 소문난 부부이기도 했다.

더위가 한고비를 넘기고 코스모스에 하늘거리는 바람에 가을

빛이 살금 비끼기 시작하는 계절이면 서울의 높고 낮은 빌딩들이 각기 하늘에 선명한 윤곽을 그리게 된다. 그럴 무렵의 어느 날 민태기는 회사의 승용차를 타고 정각 하오 6시에 회사를 출발해서 6시 반쯤에 T동의 자택으로 돌아왔다. 가을이 시작하는 계절의 퇴근길이란 나쁘지 않다는 기분으로 그는 초인종을 눌렀다.

아내는 집에 없었다.

가정부의 말에 의하면 4시부터 몇 차례 연속으로 걸려온 전화를 받고 5시쯤에 아내는 나갔다는 것이다.

"조금 늦을지도 모르니 식사는 먼저 하시란 분부였어요."

약간 서운한 느낌이 없지 않았으나 아내에게 급한 용무가 없으란 법은 없다. 동창생 가운데 누군가가 초대했는지도 모르고, 여학사회 같은 모임에 긴급한 일이 생길 수도 있는 것이며, 느닷없이 친정엘 잘 가는 버릇도 있고 했으니 민태기는 곧 마음을 편안하게 돌이킬 수가 있었다.

샤워를 하고 파자마를 갈아입고 응접실을 겸한 호화로운 서재에서 신문을 펴들었다. 그리고 식당에 가서 식사를 하곤 거실로 돌아와 텔레비전의 스위치를 넣었다. 텔레비전에선 어색한 코미디가 화면을 메우고 있었다. 강작强作된 코미디는 코미디이기 전에 일종의 파스farce, 웃음극다. 파스는 보는 사람까지 싸잡아 우스운 존재로 만든다. 그러나 민태기는 텔레비전 앞을 떠날 수가 없었다. 그러기만 하면 아내의 부재로 인한 공간과 시간의 공허함이 돋아날 것은 필지의 일이었다.

어느덧 8시가 되어 있었다.

'전화라도 한 통쯤 있음 직한데.'

하는 생각에,

'곧 오겠지.'

하는 생각이 잇달았다.

텔레비전의 뉴스는 텔레비전의 뉴스니까 우울한 것이 아니라, 그 사실 자체가 우울했다. 주식 공개의 문제가 중대한 뉴스거리로 등장하고 있는데 그 내용을 속속들이 알고 있는 민태기는 쓴웃음을 웃을 수밖엔 없다.

연속극의 차례가 되었다. 이곳저곳 다이얼을 돌려보아도 신통한 거라곤 없다. 아무 데나 틀어놓고 바보처럼 들여다보고 있기로 했다. 총각 때는 머리를 땋아 늘어뜨리는 것이라고 어릴 때 할머니로부터 들은 적이 있었는데 텔레비전의 시대극에 나타나는 총각들은 예외 없이 상투를 틀어 올리고 있으니 초보적인 고증도 해보지 않았단 말 아닌가. 꼼꼼한 성격의 민태기는 그런 문제에 신경이 쓰인다. 고증이 틀렸다는 것으로 드라마에 대한 흥미는 잡치고 만다. 계수計數를 틀리는 사원은 무능한 사원이란, 회사에 있어서의 그의 인식과 통하는 데가 있다.

시계 종이 9시를 알렸다.

민태기는 슬그머니 부아가 났다. 아내가 어디를 쏘다니고 있는지도 모르면서 멍청히 텔레비전을 들여다보고 있는 자기가 바보스럽게 느껴졌다.

전화벨이 울렸다. 수화기를 들었다.

"민태기 씨 댁이죠?"

귀에 익은 것 같기도 하고, 생판 처음 듣는 것 같기도 한 목소리가 흘러나왔다.

"그렇습니다."

"민태기 씨입니까?"

"그렇습니다. 누구신지."

"전 민 부장님의 사모님을 잘 알고 있는 사람입니다. 하도 공교로운 일이 돼놔서 저의 이름을 밝힐 순 없습니다. 고민한 끝에 용기를 갖고 거는 전홥니다. 제 말을 듣기만 하십시오……."

마음의 탓인지 음성이 조금 들떠 있었다. 누군진 모르나 사원의 하나임엔 틀림이 없다는 짐작이 갔다. 망설이는 듯 조금 사이가 있었다.

"말씀하세요. 듣고 있습니다."

민태기는 수화기를 귀에 댄 채 한 손으로 담배를 피워 물었다. 떨리는 듯한 목소리가 이어졌다.

"사모님이, 여러모로 확인을 했으니 사모님이 틀림없습니다. 사모님이 지금 P호텔에 있습니다."

"그래서 어쨌단 말입니까?"

민태기는 자기도 모르게 흥분했다.

"아닙니다. 제 말만 듣고 계십시오. P호텔의 스낵바에서 사모님을 보았습니다. 그게 6시 반쯤입니다. 어떤 남자와 카운터 구석진 곳에서 술을 마시고 있었습니다. 한 시간쯤 그곳에 계시더니 옆에 있던 사나이의 부축을 받고 스낵바를 나갔습니다. 호기심도 나고 해서 그 뒤를 따라가 보았습니다. 두 사람은 엘리베이터를 탔습니다. 11층에서 멎더군요. 다른 손님은 없었고 중간에 선 일도 없었으니 같이 11층의 방으로 간 것이 틀림없습니다. 그때부터 전 엘리베이터가 보이는 곳의 소파에 자리를 잡고 8시 반까지 앉아 있었지만 사모님은 나타나지 않았습니다. P호텔의 엘리베이터는 로비를 향해 세 대가 나란히 있는 것뿐이고 그 밖엔 달리 오르내릴 수 없게 돼 있습니다. 8시 반까지 지켜보다가 전 단념하고 다시 스낵바로 가서 아까 두 사람이 앉아 있던 카운터에 앉아 바텐더에게 슬며시 얘기를 걸었습니다. 자연스럽게 지나가는 말투로 이 얘기, 저 얘기를 하다가 사모님과 같이 있는 그 사나이의 정체를 알 수가 있었습니다. 이름은 고광식이구요, 미국에서 무역을 하는 사람인데 일주일 전에 귀국해서 P호텔에 투숙하고 있다는 겁니다. 바텐더와는 C호텔 시절부터 아는 자라고 합니다. 바텐더는 고광식과 친하다는 걸 퍽 자랑으로 알고 있는 말투였습니다. 미국으로 초대하겠다는 말도 있었던 모양입니다. 그리고 프런트에서 알았는데 고광식의 방 번호는 1103호입니다. 아까도 말했습니다만 고민한 끝에 하는 전화입니다. 너무도 공교로운 일이라 저도 얼떨떨합니다. 공연한 짓이란 생각이 없지 않습니다만 진상은 알아두시는 게 좋지 않을까 해서……. 죄송합니다. 이만 실례합니다."

전화는 거기서 끊어졌다.

가슴이 얼어붙었다. 터무니없는 장난 전화라고 하고 싶었으나 그럴 엄두에 앞서 갑자기 한기가 엄습했다. 팔다리가 오그라 붙고 이빨이 덜덜 떨렸다. 가운을 걸칠 양으로 일어서려는데 손아귀에 수화기가 쥐인 채 있었다. 간신히 수화기를 올려놓았다.

파자마 위에 가운을 걸치고 소파에 도로 앉았다. 한기는 사라진 듯했으나 턱은 계속 떨렸다.

피아노 위에 앉은 오뚝이의 유머러스한 표정이 그로테스크하게 확대되어 다가왔다. 항아리에 가득히 넘칠 만큼 꽂혀 만발한 꽃들이 돌연 홍소를 터뜨렸다. 벽에 걸린 〈가르시아의 초상〉이 추악한 마녀의 표정으로 이지러졌다. 창 쪽에 드리운 핑크빛 커튼이 새빨간 피를 내뿜기 시작했다.

'나는 미치는구나. 이게 바로 발광 직전의 상태로구나.'

뇌수의 어느 골짜기에서 신음하는 것 같은 이런 소리가 들려왔다. 이 소리에 일깨워진 듯 뇌수의 다른 골짜기에선,

'미쳐선 안 되지!'

하는 소리가 메아리를 남겼다.

고광식의 얼굴이 꽉 차게 시야를 덮었다. 민태기는 고광식을 알고 있었다. 대학의 동기 동창이며 학교 시절 줄곧 라이벌의 관계에 있었다. 그는 부잣집 아들이었고 민태기는 가난한 농부의 아들이었다. 고광식과 그 일파는 호화스러운 대학 생활을 했고

민태기는 어두운 음지에서 공부에만 열중했다. 고광식이 민태기를 보는 눈엔 언제나 시골의 천민을 보는 경멸감이 있었다.

'저놈에게 질 수는 없다.'

는 결의가 민태기의 청춘을 지탱한 원동력이었고, 그것이 민태기의 오늘을 만든 조건이라고 해도 과언은 아니다.

'그 고광식과 아내가……. 그들은 언제부터 아는 사이였을까?'

민태기는 와락 일어서서 주먹을 불끈 쥐었다.

'이성을 잃어선 안 된다.'

그는 입을 악물어보기도 했다. 다시 자리에 앉았다.

얼어붙은 가슴에 분노의 불꽃이 일기 시작했다. 그 불꽃으로 인해 민태기는 이성을 되찾게 되었다. 대개의 경우 사람들은 분노와 더불어 이성을 잃는다. 그러나 이와는 반대로 민태기는 분노와 더불어 이성을 되찾는다. 민태기의 분노는 그 불꽃을 안으로 태우기 때문이다. 그는 분노의 불꽃 속에서 사상事象을 더욱 명백하게 파악하는 특징을 가지고 있었다. 분노의 조명 아래 그의 사고는 보다 치밀하게, 보다 신속하게 작용하기도 했다.

오뚝이는 유머러스한 조그만 표정으로 되돌아섰다. 〈가르시아의 초상〉은 그 본래의 우아함을 되찾았다. 항아리에 가득한 꽃들은 침묵의 합창을 시작했다. 핑크빛 커튼만이 여전히 피를 흘리고 있었다. 그것은 민태기의 짙은 눈에 짙은 핏발이 선 탓인지 몰랐다.

민태기는 자기가 아내 향숙을 얼마나 사랑했는가를 생각했다.

그에게 있어서 향숙은 그야말로 훈훈한 행복의 향기였다. 책 읽기를 좋아하는 향숙은 고금의 명작을 읽은 차례대로 민태기에게 그 내용과 독후감을 들려주었다. 때문에 민태기는 읽지도 않고 명작에 통할 수가 있었다. 민태기는 아내 대신 패션 잡지를 뒤져 아내에게 가장 어울리는 의상을 가려내선 그렇게 입혀보는 취미를 가꾸었다.

'오늘도 향숙은 내가 선택한 옷을 입고 그놈과 어울렸을 것이다…….'

숨이 막힐 듯했다.

민태기의 눈앞으로 아내의 그 유연하고 아름다운 나체가 펼쳐졌다. 따스한 온기가 묻어 있는 주옥에 비길 만한 젖가슴, 가냘프게 곡선을 그려 탐스러운 궁둥이로 해서 허벅다리로 내려가는 그 생명의 조각, 아아, 그 허벅다리 언저리에 피어 있는 오묘한 샘! 그 샘이 지니고 있는 감미로운 마력!

그러나 민태기는 밖으로 번져나오려는 질투와 분노의 불꽃을 안으로 안으로 몰아넣어야 했다. 그 노력과 고통이 얼마나 벅찬 것이어도 감당해내야만 했다. 그의 이마엔 기름땀이 솟고 숨은 가빴다. 민태기는 자기가 어떻게 해야 할 것인가를 구상하고 계산해야 할 단계에 이르렀다.

먼저 스카치를 한 잔 했다. 꼭 한 잔이어야 한다. 그 이상은 이성의 브레이크에 고장을 일으킬 위험이 있다.

집 안이 너무 조용해선 안 된다. 그러니 텔레비전은 끄지 말고 그냥 두어야 한다. 그런데 텔레비전은 끝나는 시간이 있다. 미리 두세 시간쯤은 감당할 수 있게 녹음기에 카세트를 꽂아놓아야 한다. 음악은? 베토벤? 너무 장중하다. 모차르트? 너무 현란하다. 차이콥스키? 너무 감미롭다. 무소륵스키? 그것이 적당할지 모르지.

가운은 벗어야지. 춥질 않으니까.

향숙이 들어서면 자연스럽게 대범하게 대해야 한다. 조그마한 의혹의 흔적도 나타내선 안 된다…….

향숙이 돌아온 것은 11시를 20분쯤 넘기고 있을 때였다.

민태기가 엷은 미소를 꾸며 보였을 때 향숙은 부신 듯 그를 바라보곤,

"아, 지쳤어."

하고 남편과 나란히 소파에 앉았다.

화장을 이제 막 한 것처럼 다듬어져 있었다. 더욱이 루주의 신선함이 민태기의 눈을 끌었다. 술 냄새는 없었다. 여느 때보다 향수의 내음이 진했다.

'결정적이다.'

분화구를 찾는 지구 내부의 광열이 일순 민태기의 가슴패기 이곳저곳을 핥아젖혔다. 그것을 민태기는 안으로 몰아넣었다. 그리고 침을 삼켜 목 안을 축였다.

"옷을 갈아입지. 왜 그러구 앉았소?"

말은 태연스럽게 나왔다.

반가운 신호나 받은 듯이 향숙은,

"아줌마!"

하고 불러놓곤 안방으로 들어갔다. 들어가며 남긴 말은 이랬다.

"미국에 갔다 왔다는 게 그렇게 대단한 건가? 사람을 놓아주려고 해야지."

'진실의 근처까지 말하긴 하누만.'

민태기는 저도 모르게 쏘아보는 눈이 되었다고 느껴 얼른 시선을 누그럽게 했다.

향숙이 샤워를 하는 소리가 들려왔다.

'호텔에서 분명히 샤워를 했을 텐데, 카무플라주하는 셈인가?'

향숙은 이내 샤워를 마치고 잠옷 차림으로 나왔다. 그리고 담배를 물곤 남편을 쳐다봤다. 라이터를 켜주길 기다리는, 언제나와 같은 포즈다.

민태기는 라이터를 켜서 아내의 입술에 물린 담배 끝에 갖다댔다. 손이 떨릴까 두려워했는데 그러진 않았다.

"대학 때의 동창이 미국 갔다 왔어요. 친정이 서울에 있는데두 호텔에 버텨 앉아 나를 그곳까지 나오라고 하잖아요. 하두 졸라대는 바람에 나갔더니 글쎄……."

"글쎄, 어쩝디까?"

민태기는 대범하게 말을 끼웠다.

"식사를 같이 하자, 술을 마시자, 하구 성화 아니겠어요. 가정에 꽁꽁 매여 산다는 핀잔을 받을까 봐 응응응 하는 바람에 시간이 늦어졌지 뭐예요."

민태기는 호텔에 혹시 고광식 부처가 와 있는지도 모른다는 생각을 얼핏 해봤다. 방으로 가기 전에 고광식을 먼저 만난 것인지도 모른다. 아니 그 부인이 향숙의 친구인데 향숙의 친구가 미장원에 나가 있는 동안 같이 스낵바에 있었던 것인지 모른다. 그런 것을 괜한 친구가, 하다가 민태기는 그럴 수는 없다고 생각했다. 이제 막 다듬은 듯한 화장이, 더욱이 너무나 선명한 루주가 무엇이 있었다는 사정을 말해주고 있는 것이다.

'영어의 betray란 말은 참으로 잘된 말이다. 배신한다는 뜻을 가진 이 말은 아무리 달리 꾸미려고 해도 진실을 폭로하고 있다는 뜻으로 쓰인다. 향숙의 선명한 루주는…….'

민태기는 이런 엉뚱한 생각을 하다가, 아내 향숙의 가느다란 목줄기를 곁눈으로 훔쳐봤다. 상아를 깎아 만든 공예품 같은 그 우아하고 염려한 목줄기, 그 목줄기가 고광식의 팔에 감겼을지 모른다고 생각하니 선뜻 민태기의 뇌리를 살의가 스쳤다. 동시에 강렬한 정욕이 아랫배를 고통스럽게 자극하곤 척추를 따라 뇌수에 고였다. 그 정욕은 살의를 곁들여 두 팔이 광폭하게 향숙의 목줄기를 향해 뻗을 만큼 충격적이었다. 민태기는 가까스로 그 충격을 억제했지만 언젠가는 향숙의 그 우아한 목줄기를 졸라 죽일 날이 있을지 모른다는 상상에 바르르 몸을 떨었다.

"밤이 깊으니 춥군."

민태기는 저도 모르게 중얼거렸다.

"아 피로해."

항숙은 담배를 비벼 끄며 하품을 했다. 그리고 일어서서 마루로 나갔다.

"아줌마, 금붕어 물 갈았수?"

항숙의 목소리는 마냥 평안스럽기만 하다. 민태기는 일어서 텔레비전을 껐다. 리모트 컨트롤이 있어야 하는데……. 엉뚱한 생각을 또 해봤다. 세계가 붕괴하려고 하는데 텔레비전의 리모트 컨트롤이 무슨 소용이냐. 언제 목이라도 졸려 죽을지 모르는 가느다란 목줄기를 가진 여자가 금붕어 걱정을 해?

민태기는 항숙이 만나러 간 사람이 고광식이 아니라 고광식의 아내일지도 모른다는 생각에 아직도 미련을 갖고 있는 자신을 발견했다.

'이런 것이 탈이다. 그런 아련한 미련 때문에 서툴게 말문을 열어 이편의 의혹을 눈치채일 경우가 있는 것이니 말이다.'

경쟁 업체와의 허허실실한 거래 방식을 통해 조그마한 허점을 보여서도 안 된다는 상사맨의 습성을 익힌 민태기는 그런 점에서도 이성적인 인물이다.

그는 또 이상한 강도로 압박해오는 항숙의 육체를 향한 정욕을 죽이지 않으면 뜻밖의 실수를 저지를 수 있을지 모른다는 경각심을 가졌다. 그러자면 오늘 밤은 말없이 고이 잠들어야 하는 것이다.

"여보, 당신 가끔 먹는 수면제 있지 않소."

민태기를 마루를 향해 말했다.

"수면제는 또 왜요. 이때까진 들어보지 못하는 소릴 하시네요?"

마루로부터 들어서며 항숙이 한 소리다.

"아냐, 오늘 밤은 푹 자야겠어. 내일 아침은 빨리 일어나야 하는데 어쩐지 잠이 올 것 같지 않아."

"수면제에 습관을 들이면 안 되는데."

하면서도 항숙은 문갑을 뒤졌다.

"전연 부작용이 없는 수면제라고 뽐낸 것은 누군데."

민태기의 이 말엔 주저 없이 수면제를 내놓지 않을 수 없게 하는 마력이 있었다.

민태기는 3알의 베로날을 머금고 냉수를 마셨다. 그리고 위스키를 원샷 하고 다시 냉수를 마시곤 화장실을 들러 침실로 들어갔다.

'지옥이 있다면 지금의 내 마음이 지옥이다.'

하마터면 쏟아질 뻔한 눈물, 그러니까 눈언저리를 적신 눈물을 민태기는 이불의 커버로써 닦았다.

'비누 물방울 같은 행복!'

이 말이 뇌수 전체에 그야말로 비누 물방울 같은 거품으로 번졌다. 민태기는 잠에 빠져들었다.

관철동 어느 중국 요정의 특별실에 고광식과 김항숙, 그리고 민태기가 대질하는 장면을 만들기까지 민태기로선 1주일의 시간과 치밀한 계략과 기민한 동작이 필요했다.

고광식이 부인을 동반하지 않고 혼자 P호텔의 1103호에 투숙하고 있는 사실을 확인하긴 쉬운 일이었다. 며칠을 두고 고광식과 김향숙이 밀회하는 장면을 덮치려고 했으나 그런 기회는 없었다. 도리 없이 민태기는 부하를 시켜 회사의 중역을 가장하고 만날 장소와 시간을 정하게 했다. 미국에서 무역을 하는 사람이면 그 회사의 중역을 만나길 바랄 것이란 짐작이 맞아떨어진 결과였다.

바로 그 장소에 약 20분쯤 늦게 김향숙이 도착하도록 마련도 되었다. 오래간만에 같이 중국 음식을 먹자는 제의만으로도 족했으나 운전사를 미리 집에 대기시켜놓고 만일에 예외라는 것도 없게끔 배려까지 해놓았다.

약속한 시간, 지정한 장소에서 민태기는 기다렸다. 20분쯤 늦게 방문을 두드리는 사람이 있었다. 나타난 사람은 고광식이었다. 고광식은 민태기를 보자 멈칫하는 것 같았으나 곧 태연한 자세로 돌아와선,

"이게 얼마 만이오?"

하고 손을 내밀었다.

"앉으시오. 중역 대신 내가 나왔소."

짤막하게 말하고 민태기는 고광식이 내민 손을 못 본 척했다.

묘한 공기가 감돌았다. 침묵이 견디기 어려웠던지 고광식이 먼저 입을 열었다.

"당신 회사에서 나를 만나자고 했는데 용건이 무엇인지 그것

부터 압시다."

"사람이 하나 더 올 거요. 그 사람이 오거든 얘기를 시작합시다."

하고 민태기는 시계를 봤다. 김향숙이 나타나기까지엔 10분을 기다려야 했다.

"주문하십시오."

하고 보이가 들어왔다. 민태기는 고광식에겐 묻는 법도 없이 이것저것 대여섯 가지의 요리를 시키고 술은 배갈을 가지고 오라고 했다.

고광식이 겸연쩍게 웃었다.

"왜 웃는 겁니까?"

민태기가 싸늘하게 물었다.

"나는 명색이 손님 아뇨. 그런데 손님에겐 한마디 물어보지도 않고 요리를 시키니까 그게 우스워서……."

"시골뜨기를 아직도 면하지 못했단 뜻이겠군요."

"그런 건 아니지만……."

"도리가 없죠. 사람은 자기의 바탕대로 살아야 하니까."

그리고 다시 침묵이 흘렀다. 두 사람은 경쟁이나 하듯 담배를 피웠다.

민태기는 다시 시계를 바라봤다. 2분 전, 1분 전, 30초 전, 20초 전, 이때 노크 소리가 있었다.

"들어와요."

민태기의 소리와 함께 도어가 열렸다. 김향숙은 발을 들여놓다 말고 고광식의 모습을 보자 멈칫 그 자리에 서버렸다. 고광식의 얼굴에선 핏기가 가셨다.

"이리로 와 앉아요."

민태기는 향숙의 손을 끌어 안쪽 의자에 데려다 앉혔다. 고광식과 민태기와의 중간에 있는 자리였다.

무거운 침묵이 방 안을 억눌렀다.

민태기는 주문한 요리와 술이 다 들어오길 기다려 보이에게 일렀다.

"부르기 전엔 아무도 이 방에 못 들어오게 해요."

"알았습니다."

하고 나간 보이의 등 뒤로 문이 닫히자 방 안의 공기는 아연 긴장했다.

민태기가 입을 열었다.

"간단하게 해결합시다. 고광식 씨, 당신과 김향숙은 언제부터 아는 사이요?"

"왜 그런 걸 묻죠?"

고광식은 새파랗게 질려 있었다.

"왜 묻다니, 나는 물어볼 만하니까 묻는 거다. 솔직하게 말해!"

민태기의 말투는 나지막했으나 거칠었다.

"고등학교 시절부터 아는 사이요."

그러면 어쩔 테냐 하는 배짱을 보이는 고광식의 말투였다.

"그래 연애한 사이요?"

"그렇소."

항숙이 황급히 머리를 들었으나 다시 고개를 숙였다. 말은 없었다.

"지금도 사랑하고 있소?"

"지금도 사랑하고 있소."

고광식의 대답은 당당했다.

민태기는 얼굴을 항숙에게 돌렸다.

"당신도 고광식 씨를 사랑하오?"

"……."

"이건 중대한 문제요. 대답을 하시오!"

"……."

"적어도 한두 사람은, 아니 확실히 한 사람은 생사의 기로에 놓인 문제요. 정직하게 답을 하시오!"

"왜 그렇게 묻죠? 그게 무슨 뜻이죠?"

항숙의 소리는 비명에 가까웠다.

"당신이 고광식과 한 짓이 있잖소. 그걸 나는 다 알고 있소. 그래 묻는 거요. 물어서 나빠요? 나는 모르는 척해야 하나? 말해봐요, 당신이 고광식을 사랑한다면 나는 언제든 물러설 용의가 있으니까!"

항숙은 멍청히 민태기를 바라봤다. 그 멍청한 얼굴을 향해 민태기는 쏘아붙였다.

"내가 이 세상에서 제일 미워하는 놈이 고광식이다. 하필이면 그놈하고 놀아나? 이놈만 아니었더라도 나는 모든 것을 용서할 수가 있다. 고광식은 나를 망치려고 갖은 모략을 다한 놈야. 그러니 말해봐, 고광식을 사랑한다면 나는 깨끗이 물러서겠다. 두말하지 않겠다. 말해봐, 솔직하게! 이 개 같은 년!"

세상이 무너지는 듯한 굉음과 더불어 향숙은 의자와 함께 뒤로 넘어졌다. 민태기는 자기도 모르게 황급히 달려가 향숙을 안아 일으켰다.

"향숙이!"

하고 부르며 민태기는 눈물을 쏟고 있는데 고광식은 냉엄한 자세로 앉아 있었다. 그 자세가 시야에 들어서자 민태기는 안았던 향숙의 머리를 마룻바닥에 도로 놓고 일어섰다. 그리고 고광식에게 다가섰다.

"이 자식아, 향숙은 네가 안아! 그리고 병원으로 데리고 가!"

고광식은 꼼짝도 안 했다.

"지금도 넌 향숙을 사랑한다며? 사랑한다면 이 자식아, 네가 책임을 져야 할 게 아닌가?"

고광식은 여전히 움직이지 않았다.

"사랑하는 사람이 기절을 하고 넘어졌는데 이 자식아, 보고만 있어?"

민태기는 고광식의 어깨를 내리쳤다.

"이놈이 미쳤나?"

고광식이 벌떡 일어서며 민태기를 밀었다. 그러나 완력으로 고광식이 민태기의 적수가 아니었다. 민태기는 고광식의 멱살을 잡고 고광식의 머리를 벽에 한 번 찍어놓고 낚아챘다.

"미쳐? 그래 나는 미쳤다. 나를 미치게 한 놈은 누구지? 그러나 나는 너희의 사랑을 방해할 의사는 없다. 향숙을 사랑한다면 지금 이 순간부터 네놈이 책임을 져라, 이 말이다."

"내가 왜 책임을 져?"

고광식이 민태기의 손아귀에서 벗어나려고 몸부림을 쳤다.

"책임을 못 져?"

"못 지겠다."

"그렇다면 네가 한 행동은 뭣꼬? 장난삼아 남의 부인을 농락했단 말인가?"

"장난은 아냐."

"장난이 아니면 뭣꼬?"

"나는 향숙 씨를 사랑했어."

"사랑하는데 책임을 못 져?"

"내게도 아내가 있어."

안으로 안으로 몰아넣었던 민태기의 분노가 드디어 밖으로 폭발했다.

"뭐라구? 네게도 아내가 있다구?"

민태기는 자기의 손목을 물어뜯으려고 이빨을 세우고 덤비는 고광식의 낯짝을 턱으로부터 밀어올려 힘껏 벽에다 갖다부딪쳤다. '쿵' 하는 소리가 지나치게 높았다 싶었는데 고광식의 다리에서 힘이 빠졌다. 고광식의 멱살을 쥔 민태기의 손에 중량이 걸려왔다. 손을 놓았다. 고광식의 몸뚱어리는 꺾어지듯 마룻바닥에 거꾸러졌다. 그 볼품없이 거꾸러지는 꼴이 민태기의 분노를 더했다. 그까짓 메밀대 같은 녀석이 남의 행복의 성을 산산이 부숴놓았다고 생각하니 더욱 용서할 수가 없었다. 창 쪽 나무대 위에 놓인 큼직한 화분을 집어들었을 때 민태기는 결정적인 살의를 가졌다.

'저런 놈을 없애버리는 것도 뜻있는 일이다.'

민태기는 빛나는 날이 있을지도 모르는 자기의 장래를, 냉정한 이성으로 복수의 행동과 맞바꾸기로 했다. 민태기는 정확하게 고광식의 두상을 겨눠 그 큰 화분을 힘껏 내리쳤다.

경찰에 출두한 민태기의 태도는 침착하고 냉정했다. 그의 진술은 그냥 그대로 문장이 될 만큼 정연했다. 현장 검증에서 시종일관 태도에 흐트러진 곳이 없었다.

변호사는 창가의 화분은 두 사람이 격투하는 바람에 넘어진 것이 아닌가 하고 과실 치사의 방향으로 꾸며나가려고 했지만 민태기는 자기가 행동한 그대로를 말하고 분명한 살의가 있었다는 것을 밝혔다. 그리고 덧붙이길

"그놈이 만일 살아 있고 기회만 있다면 나는 한 번 더 그놈을 죽일 작정입니다."

재판정에 있어서의 그의 최후 진술도 이와 같았는데 그 진술에

선 색다른 말이 끼어 있었다.

'어떤 법률도 도덕도 사랑을 넘어설 순 없다. 사랑 이상의 가치가 이 세상에 있다고 나는 생각하지 않는다. 남편을 가진 여자가, 아내를 가진 사내가 사랑에 겨워 남의 눈을 피해 밀회를 한다고 할 때 법률은 이를 벌할 수 있을지 모르나 인간성의 재판에선 이를 용서할 것이다. 진정한 사랑은 남의 가정을 생각할 수 없을 정도로 과격하게 발현되는 경우도 있다. 동시에 그 일이 폭로되었을 땐 용감하게 벌을 받을 뿐 아니라 그 사랑에 따른 모든 책무를 져야 한다. 그러나 진정한 사랑이 아닌, 일시적인 기분, 동물적인 성적 충동으로 남의 가정을 유린하는 결과를 가져올 행동을 하는 남녀는 어떠한 명분으로써도 그들을 용서할 수가 없다. 만일 그때, 향숙 씨가 넘어졌을 때 고광식이 달려가서 향숙 씨를 안아 일으키는 성의만 있었더라도 나는 그를 더욱 미워했을지는 몰라도 죽이진 않았을 것이다. 사랑한다면 책임을 지고 데리고 가라고 했을 때 고광식이 그렇게 하겠다고 단언을 했어도 나는 그를 죽이지 않았을 것이다. 내가 그에게 향숙을 책임지라고 마지막 요구를 했을 때 그는 그 제의를 거절하는 이유로서 내게도 아내가 있다는 말을 했다. 나는 그 말을 듣고 그를 죽일 작정을 했다. 자기의 가정을 파괴할 용의와 각오도 없이, 그만한 사랑도 없이 어떻게 남의 아내를 탐낼 수 있단 말인가. 분명히 고광식은 장난하는 기분으로 향숙을 농락했다는 결론을 얻었다. 장난으로 사랑을 유린하는 놈은 용서할 수 없다. 나는 감정적으로 그놈을 죽인 것이 아니라 나의 철학에 의해 그놈을 죽였다. 그러니 나는 정상의 재량을 바라지도 않고 관대한 처분을 바라지도 않는다…….'

질투로 인한 살인 사건, 치정에 의한 살인 사건이라고 하면 간단한 사건이다. 그러나 구형량을 정해야 하는 검사의 심리는 복잡했다. 검사뿐 아니라 남편 된 입장에 있는 사람이면 '그럴 경우 나는 어떻게 행동할 것인가.' 하는 생각을 안 해볼 수 없는 것이다. 사건을 담당한 A 검사는 하룻밤을 꼬박 새우다시피 했다.

민태기란 전도가 양양했을 인물에 대한 동정도 있었지만

'나 같으면 어떻게 할까.'

하는 문제를 쉽사리 풀 수 없었기 때문이다

A 검사는 드디어 검사라는 입장은 사정私情을 섞어선 안 되는 입장, 즉 국가를 대표하는 입장에 서야 한다는 원칙을 새삼스럽게 깨달았다. 어떠한 입장에서라도 사사로운 감정으로 사람을 죽여선 안 되는 것이다. 민태기는 분명히 귀중한 국민 한 사람을 죽여 없앴다. 고광식은 살려두었으면 수출 증대에 크게 이바지할 수 있었던 사람이 아니었던가. 남의 가정을 파괴하고 여자를 농락하는 탕아의 존재쯤은 국가 이익에 그다지 큰 손실을 가져오는 것은 아니다. 이렇게 결론을 짓고 A 검사는 민태기에게 징역 10년을 구형했다.

B 판사의 고민도 A 검사의 고민에 못지않았다. 구형이 5년쯤만 되어도 징역 3년에 집행 유예 5년 정도로 선고할 수 있었을 터

인데 징역 10년의 구형이니 사정이 딱했다. 뿐 아니라 징역 10년을 구형하는 논고의 내용이 너무나 완벽하고 보니 섣불리 형량을 정할 수도 없었고 정상 재량을 대폭으로 한다면 검찰이 불복할 것이니 아무런 보람도 없을 것이었다.

B 판사는 민태기의 형량을 가급적 적게, 그리고 그 재량을 설득력 있는 것으로 하기 위해서 각국의 판례집을 뒤적이고 있었다.

그러다가 다음과 같은 골자의 판례를 발견했다. 목수를 직업으로 하는 사나이가 있었다. 그 사나이의 이름을 갑이라고 해둔다. 갑은 을이란 자가 경영하는 목공장에서 일하고 있었는데 어느 날 자기의 아내와 을이 정을 통하고 있는 현장을 보고 아내와 이혼했다. 갑은 재혼했다. 그땐 을의 공장에서 나와 다른 데서 일하고 있었는데 처와 을이 또 밀회를 했다. 갑은 그 재혼한 아내와 헤어지고 다시 다른 여자를 맞아들였다. 그랬는데 을은 또 갑의 세 번째 마누라를 농락했다. 이때까진 참아왔던 갑도 드디어 분통을 터뜨려 을을 죽이겠다고 나섰다. 을은 갑의 서슬이 보통이 아님을 알자 어디론지 피신해버렸다. 갑은 만사를 제폐하고 을을 찾아 방방곡곡을 헤맸다. 3년이란 세월이 흐른 뒤 갑은 을을 고베 어느 여관에서 붙들어 비수로써 난자한 끝에 드디어 죽이고 말았다.

이 사건을 재판한 고베 재판소는 심의 끝에 갑에게 무죄를 선고했다. 그 판결 이유인즉 요약하면 법률은 개인의 개인에 대한 복수를 금하는 것을 원칙으로 하지만 이런 경우는 다르다. 일본엔 현재 간통죄가 없어 아내를 빼앗긴 남편의 울분을 풀어줄 합법적인 수단이 없다. 그러니 당하고만 있어야 하는 처지다. 그런데 본 건의 경우는 한 번이 아니라 세 번이나 동일인에 의하여 남자로서의 면목을 짓밟힌 것이다. 그럼에도 불구하고 법률은 그에 대해 보복을 금하고 있다. 갑은 자기 힘으로 보복할 수단을 찾았다. 그렇게 해서 보복을 했다. 아무리 법률이라도 인간성을 깡그리 무시할 수는 없다. 법정도 갑에 대해 동정을 금할 수가 없다. 만일 갑이 첫 번째 아내를 빼앗겼을 때 을을 죽였더라도 10년 이상의 형은 받지 않았을 것이다. 두 번째 아내를 빼앗겼을 때 을을 죽였더라면 징역 3년에 집행 유예 5년쯤으로 낙착되었을 것이다. 이와 같은 양형量刑의 비율을 감안한다면 한 번 두 번까지 참고 견디다가 세 번째에야 복수를 감행한 갑에겐 무죄를 선고할밖에 도리가 없다…….

이것은 1950년 일본 고베 재판소가 내린 판결인데 검찰도 이 판결 이유에 승복한 것으로 나타나 있었다.

B 판사는 일본 재판관들의 재량권의 폭에 약간 부러움을 느끼면서도 민태기 사건에 참고가 되지 못하는 게 아쉬웠다. 우리나라엔 간통죄가 있어 배신당한 남녀가 합법적으로 보복할 수 있는 기회가 있다. 그런 만큼 민태기에 대한 정상 재량의 폭은 줄어드는 셈이다.

B 판사는 민태기에게 징역 5년을 선고했다. 검찰도 민태기도 이의 없이 이 판결에 승복했다. 민태기는 기결수가 되었다.

기결로 결정된 날 민태기는 변호사의 방문을 받았다. 변호사는 민태기에게 이런 말을 했다.

"김항숙 씨는 기왕 고광식과 연애 관계에 있은 적이 없었답니다. 고광식 편에서 끈덕지게 따라다니긴 한 모양입니다. 이번 P호텔에서 만난 것은 그가 미국에서 자기 아내로부터 무슨 부탁을 받아왔으니 꼭 만나자고 조르는 바람에 의례적인 뜻 반, 호기심 반으로 그렇게 된 모양입니다. 스낵바로 따라간 것은 대중의 눈이 있는 로비나 커피숍보다는 그곳이 사람의 눈에 덜 띌 거라는 생각에서였는데 항숙 씨는 카운터에서 페퍼민트로 보이는 술을 꼭 석 잔 마셨답니다. 그랬는데 온몸이 나른해지기 시작하더니 앉을 수도 설 수도 걸을 수도 없게 정신이 몽롱해졌다는 겁니다. 엘리베이터를 탄 것까진 아슴푸레 알았지만 방에 들어간 기억도 침대에 누운 기억도 없는데 돌연 자기를 사랑한다는 속삭임만이 계속 귀에 들려왔다는 겁니다. 어떻게 된 셈인지 손발을 까딱할 수도 없었더랍니다. 정신을 차려보니 10시였답니다. 어이가 없었더랍니다. 그러나 창피하기도 해서 목욕탕에 가서 목욕을 하고 화장을 고치고 나오면서 얼굴에 침이라도 뱉고 싶었지만 그대로 나와 버렸다는 겁니다. 그런데 중국집에서 그런 장면이 되고 보니 심한 충격을 느꼈던 모양이죠?"

민태기는 조용히 눈을 감고 변호사의 이야기를 끝까지 들었다. 변호사의 말은 계속되었다.

"호텔 같은 데의 바텐더, 일류 바의 바텐더 가운덴 고약한 놈이 있는 모양입니다. 팁이나 후하게 집어주면 여자를 그 꼴로 만드는 기술을 부린답니다."

그런 얘기는 민태기도 일찍부터 듣고 있었다. 다루기 힘든 여자를 이 카운터까지만 데리고 오면 만사형통이라고 제법 뽐내며 하는 말을 어느 바텐더로부터 직접 들은 적이 있는 것이다.

"그러니 항숙 씨를 용서할 수 없겠수? 항숙 씬 거짓말을 하고 있는 것 같진 않습니다."

"나는 벌써 용서하고 있소."

민태기는 조용히 말했다.

"그럼."

하고 변호사가 눈에 생기를 돋우고 말하려는 것을 민태기는 앞질렀다.

"항숙 씨가 거짓말을 꾸몄다고는 생각하지 않습니다. 그리고 난 벌써 용서하고 있습니다. 그러나 같이 살 수는 없습니다. 새로 시작해야죠. 아직 시간은 있으니까. 김항숙 씨를 만나거든 새로 시작하라고 하십시오. 차입이나 편지 같은 건 하지 말라고 일러주십시오. 그리고 변호사께선 빨리 이혼 수속을 서둘러주십시오. 내 도장은 집 책상 서랍에 있습니다. 나는 정말 새로 인생을 시작할 작정입니다."

하고 민태기는 먼저 일어섰다.

"잠깐만."

변호사는 그를 도로 붙들어 앉혔다.

"또 전할 말이 있습니다. 미국에서 성명을 숨긴 사람으로부터

민 선생을 도와주라고 내 앞으로 얼마간의 돈이 와 있습니다."

"까닭 모를 돈을 받을 수가 있습니까. 보낸 사람을 알 때까지 선생님이 보관하셨다가 도로 보내주도록 하십시오."

민태기는 미련 없이 등을 돌려 간수에게 이끌려 감방으로 사라졌다.

민태기의 감옥 생활이 1년이 지났을 때 그는 미국에서 살고 있다는 어떤 한국 여인으로부터 편지를 받았다.

"……김향숙 씨와 이혼하셨다는 소식을 듣고 정말 섭섭했습니다. 그러나 한편 이해할 수도 있었습니다. 남의 불행을 딛고 서서 자기의 행복을 탐한다는 것은 도리에 어긋날 일이오나 꼭 말씀드리지 않고는 견딜 수 없는 실정이어서 몇 자 올립니다. 들으니 선생님께선 인생을 새로 시작할 작정이라고 하셨다죠? 인생을 새로 시작할 경우 혹 반려를 구하실 의사가 있으시면 저를 그 제일 지원자로 꼽아두십시오. 채택 여부는 서로 교제한 연후에 하시더라도 그런 지원자가 있다는 사실만을 명념하십시오. 제가 만일 마음에 드신다면 전 한국으로 돌아가 살아도 좋습니다. 고광식은 용서할 수 없는 자입니다. 저는 거번의 사건이 저와 선생님과의 참된 행복에로의 협동을 위한 기회를 마련한 것이란 아름다운 해석으로 지금 생기에 넘쳐 있습니다. 어떻게 이런 뻔뻔스러운 여자가 있을까 싶으시겠지만 근원을 따지면 선생님의 철학에서 얻은 용기가 시킨 행동입니다. 어떤 법률도 도덕도 사랑을 넘어설 순 없다고 선생님은 말씀하셨습니다. 사랑은 모든 가치의 으뜸이라고도 선생님은 말씀하셨습니다. 그리고 선생님은 그 사랑의 철학으로 감히 사람을 죽이기까지 하셨습니다. 저도 그 철학으로 모든 잡스럽고 제이의적인 조건을 넘어설 각오를 했습니다. 가출옥의 은전이 있을 것이라고 하니 2년 후이면 출옥하게 될 것이 아니겠습니까. 저는 그날을 손꼽아 기다리겠습니다. 부디 건강에 유의하시고 아울러 저를 기억해주시기 바라 마지않습니다……."

그로부터 그 여인의 편지는 1주일에 한 번꼴로 민태기의 감방을 찾아들게 되었다.

민태기는 그 편지를 볼 때마다 씁쓸한 웃음을 띠지 않을 수 없었다. 시간이 감에 따라 그는 자기가 한 행동이 철학적인 살인이기는커녕, 경솔하고 허망한 질투가 저지른 비이성적인 행동이었음을 깨닫게 된 것이다. 그러나 고광식을 죽인 것을 결코 뉘우치진 않았다. 사람은 이성에 따르기보다 감정에 따르는 게 훨씬 정직하고 인간적일 수 있다는 신념을 가꾸게도 되었다. 그런데 민태기는 그 편지의 주인, 한인정韓仁貞이란 여성이 고광식의 아내였음에 틀림없을 것이라고 짐작하면서도 그 여인에게로 쏠리는 마음을 어떻게 할 수 없었다. 동시에 불의의 사고로 꼭 한 번 고광식에게 짓밟힌 김향숙의 육체는 혐오하면서도 오랜 시일 고광식의 육체와 섞여 있던 한인정을 용납할 수 있을 것이란 심리적 전개로 해서 스스로 놀라는 마음으로 사랑에 있어서 육체란 그다지 중대한 문제가 아니란 발견을 하기도 했다. 이런저런 생각에 곁들여 민태기는 실현성 여부는 고사하고 만일 고광식의 아내였던 한인정과 자기가 맺어져서 사랑의 성을 쌓을 수 있게 된다면 그건 기막힌 인생의 드라마일 것이라고 생각하곤 했다.

* 출전: 《한국문학》, 1976년 5월.

매화나무의 인과

매화나무의 인과

지옥이란 있는 것일까, 없는 것일까.

우연히 이런 시비가 벌어졌다. 시비래야 쟁론에까지 이르진 않는, 이런 저런 얘길 하다가 얘깃거리가 거의 없어져 갈 무렵, 불쑥 튀어나올 수 있는 그런 화제에 불과했지만, 설익은 허무주의자들은 간혹 이런 화제를 두고 정열을 가장하고 쟁론을 위조해보는 버릇을 가지고 있는 것이다.

장소는 청진동 뒷골목 언제 가도 한산한 대포 술집. 모인 사람은 배裵라는 성을 가진 모 출판사의 편집장, 김金이란 성을 가진 모 신문사의 논설위원, 유柳라는 성을 가진 모 대학의 교수, 그리고 일정한 직함이란 여태껏 가져보지 못한 나.

때는 물론 밤, 극적 효과를 위해서도 밖에선 진눈깨비가 내리고 있어야 한다.

이야기는 배 군의 지옥 개설부터 시작되었다. 이 박람강기한 사나이는 지옥이란 말의 각국어의 어원부터 캐고 들어간다.

영어로는 '헬', 희랍어론 '헤이드', 유태어로선 '세올'. 이어 기독교적인 뜻은 어떻고 '이슬람'에선 어떻고 '자이나교'에선 어떻고 불교에선 어떻고…… .

기독교적인 뜻 하나를 설명하는데도, '예수 그리스도'가 지옥에 언급한 구절은 마태복음 25장 41절, 46절, 마가복음 43절에서 46절, 이 개념을 확대·명시한 것은 사도 '바울'인데 고린도 6장 9절, 에베소 5장 5절, 갈라디아서 5장 21절, 로마서 6장 25절. 이런 따위로 설명해서 '이슬람', '자이나', '불교'에까지 미微를 쪼개고 세細를 극하는 판이니 흥미를 가지면서도 하품을 참을 도리를 강구하지 않을 수가 없다.

나는 형광등 언저리에 점점으로 찍힌 파리똥을 쳐다보며 옛날 호기심으로 배워본 적이 있는 맹인용 점자의 지식을 활용해서 그 파리똥의 배열에 '개새끼'란 글자를 조립하려고 하는데 '개새'까지는 약간 무리해서 될 것 같았지만 '끼' 자가 어울리지 않아 조바심이 났다.

배裵에게 발언권을 맡겨두었다간 밤이 새도 한이 없을 것 같았는지 논설위원 김金이 나섰다.

"지옥이란 건 없어."

김의 어조는 습관적으로 단호하다. 이렇게 단호한 어조로 배의 말문을 막고 나선 신문의 논설조라고 하기보다 검사의 논고조로 지옥 부재의 증거를 열거하기 시작했다.

나는 형광등에서 시선을 옮겨 군데군데 담뱃불에 찢어진 탁자 위의 상처를 대포 사발의 밑바닥으로 긁기 시작하면서 아득한 옛날 중학생 시절, 중국집에서 우동을 먹었던 그 탁자가 역시 이런 꼴이었다는 기억을 새롭게 했다.

'그때는 우동을 먹고 지금은 대포를 마시고.'

"지옥은 있어야 해. 꼭 있어야 하는 거야."

대학교수 유柳의 말에 나의 귀는 솔깃했다.

"생각해 보게나. 지옥이 없어서 되겠는가. 비열한 수단으로 사람을 모함하고 참혹한 방법으로 사람을 못살게 군 자들이 말야. 죽어 없어졌다고 해서 그 뒤 아무런 일이 없이 그냥 끝나버린다고 해서야 되겠어? 자기의 야심을 채우기 위해서 사람을 죽인 놈들, 그 흉측한 놈들이 글쎄, 죽었다고 해서 일체의 책임에서 벗어날 수 있는 그런 따위를 용인할 수 있겠는가 말야. 지옥은 꼭 있어야 한다. 있어야 하고 말고."

"단테의 《신곡》엔 죄명대로 지옥이 시설되어 있지."

배가 한마디 거들었다.

— 만약 신이 없다면 일체의 행위는 용인되리라.

누구의 말이던가. 몽롱한 의식 속에 나는 이 말이 누구의 말인가를 찾아내지 못한다. 박람강기한 배더러 물으면 당장에라도 알 일이지만 나는 묻는 대신 맞은 편 벽을 바라보았다.

우중충한 벽, 이곳저곳에 비스듬히 붙여 놓은 안주 품목. 어느 하나도 식욕을 돋우어 줄 것 같지 않은 안주의 가지가지와 황탁한 빛깔의 막걸리란 액체.

나는 버나드 쇼의 '지옥'은 천당보다 되레 재미나는 곳이라고, 한마디 거들 작정으로 망설이고 있는 판인데 김의 단호한 어조가 가로막았다.

"그래도 지옥은 없다. 천당도 없구."

유는 바락 흥분한 기색을 보였다.

"글쎄 히틀러 같은 놈이 자살해버렸다고 만사 끝난 거로 치워버릴 수 있어? 일제 때 애국 투사를 고문하고 학대한 놈들이 지옥을 맛보지 않고 그냥 죽은 대로 두어서 되겠어?"

"딱한 사람 다 보겠네. 있어야 된다는 것하구 있는 것하곤 다르지 않나, 없는 걸 어떻게 하느냐 말야."

이 말이 끝나자마자

"지옥은 있습니다. 분명히 있습니다."

하는 소리가 들려왔다.

그 소리는 건너편 탁자 앞에 아까부터 혼자 앉아 있는 사나이에게서 건너온 소리였다.

남의 좌석의 토론에 난입한 주책없는 주정뱅이쯤으로 나는 그 사나이를 훑어보았다. 그랬는데 눈여겨 그 사나이를 보자 나는 이상한 감동 같은 것을 느꼈다.

그 눈빛은 음산했다. 그 모습은 초췌했다. 그 음산한 눈빛은 분명히 지옥을 보고 온 눈빛 같았다. 그 초췌한 모습은 분명히 지옥을 견디어온 모습 같았다. 정열을 가장하고 쟁론을 위조하고 있었던 배도 김도 유도 나와 같은 인상을 그 사나이에게서 받은 것 같았다. 우리들은 서로 의논이나 한 것처럼 말문을 닫고 그 사나이의 입을 통해 나올 이야기를 기다리는 자세가 되어버렸다.

다음은 그 사나이의 이야기를 통속소설적인 기승전결을 배려하면서 기록해본 것이다.

성 참봉집 매화나무는 그 나무가 없어진 지 십여 년이 지난 지금에 이르러서도 인근 마을 사람들에겐 물론이고 가까운 고을 사람들에게까지도 변함없는 얘깃거리가 되어 있다.

농한기에 접어들어 곳곳의 사랑방에 사람들이 모여 한담할 시간만 있게 되면 으레 성 참봉집 매화나무 얘기가 나오기 마련이다.

"성 참봉집 매화꽃은 호박꽃이 더 컸지."

"그렇게까지야, 모란꽃쯤이나 됐을까?"

"아냐, 호박꽃만 했어."

"아냐, 모란꽃 정도야."

이렇게 시비가 걷잡을 수 없게 되면 점잖게 조정하는 사람이 나타나기도 한다.

"호박꽃과 모란꽃 사이쯤으로 보아두면 될 게 아냐."

꽃의 크기에 대한 시비는 이쯤의 조정으로 끝났지만 다시 다른 시비가 일게 된다.

"성 참봉집 매화나무의 열매는 거짓말 조금도 보태지 않고 어린애 대가리만 했었지."

"그건 좀 심해. 복숭아 정도였지."

"어린애 대가리만 했대두."

"이왕 그럴 바에야 수박만큼 했다고 해라."

"그럼 내가 거짓말 했단 말야?"

"복숭아 정도를 어린이 대가리만 하다구 우기니까 하는 말이지."

"수박만큼은 못 돼. 아주 갓난애기의 대가리만큼은 했어."

"아니래두 쎄워, 복숭아야 복숭아."

빛깔에 관해서도 의견은 구구했다.

어떤 사람은 바로 피빛깔과 조금도 다름없었다고 우기고 어떤 사람은 짙은 분홍색이라고 고집을 하고 어떤 사람은 연분홍 바탕에 핏줄이 무늬처럼 새겨져 있었다고 이설을 내놓기도 했다.

이런 시비를 가지고 거의 밤을 새울 때도 있었고 아무 이해 관계도 없으면서 서로들 비위를 상해 욕지거리를 할 경우도 있었다.

어쨌든 성 참봉집 매화꽃이 다른 매화꽃보다는 컸고 그 열매도 다른 매화 열매보다는 컸고 그 빛깔이 다른 매화꽃과는 달랐다는 것은 사실이다.

그러나 성 참봉집 매화나무가 그 꽃과 열매와 빛깔 때문에 유명해지고 얘깃거리가 된 것은 아니다. 그 매화나무가 지닌 인과로 해서 두고두고 얘깃거리가 된 것이고 이제 말한 바와 같은 시비들은 어떤 사실이 전설화하는 과정에서 흔히 나타날 수 있는 현상이고, 그 인과 얘기에 들어서기 위한 일종의 '프롤로그'인 것이다.

본시 그 매화나무는 성씨 일문이 공유하고 있는 재실 뜰에 있던 나무였다. 그 나무를 어느 해의 여름밤, 성 참봉이 돌연 그의 집 사랑 앞뜰에 옮겨 심었다.

마을 사람들이 그 매화나무와 성 참봉집에서 차례차례로 일어나는 이변과를 결부시켜 얘기하게 된 것은 훨씬 뒤의 일이지만 매화나무를 옮겨 심은 그 예를 계기로 성 참봉의 성벽性癖이 달라지고 천석 거부를 뽐내던 그 집의 재산과 가세에 금이 가기 시작했다.

맨 처음 마을 사람들을 놀라게 한 것은 돌쇠라는 성 참봉집 머슴의 돌변한 태도였다.

돌쇠는 스무 살 안팎의 더벅머리 총각 머슴이다. 치재와 사람 부려먹는 덴 지독하다고 소문이 난 성 참봉의 성화 밑에, 이를테면 채찍 밑에 도는 팽이처럼 새벽부터 밤 늦게까지 몸을 움직이지 않고는 배겨나지 못했던 머슴이었다.

그 돌쇠가 돌연 어느 여름날부터 일손을 놓게 된 것이다. 뿐인가 꾀죄죄 때 묻은 삼베 잠방이를 입고 다니던 것이 한산 모시의 고의 적삼을 날씬하게 차려 입고 머리엔 기름깨나 바르고 낮부터 마을 앞 주막집에 나타나 술을 마시게까지 되었다. 그러한 돌쇠를 보고도 성 참봉이 한마디 꾸지람도 없을 뿐 아니라 후하게 용돈까지 준다는 이야기니 우선 집안 사람들이 놀라고 마을 사람들의 눈이 휘둥그레질 수밖에 없었다.

돌쇠의 청대로 옷을 해 입히라고 참봉의 분부가 내렸을 때 참봉 부인은 어안이 벙벙해 말문이 막혔다.

참봉 큰아들이 돌쇠의 갑자기 거만해진 태도에 대해서 아버지에게 불평을 털어놓았을 때 참봉의 노발대발한 꼴은 심상치가 않았다.

"내 하는 대로, 시키는 대로 하면 돼. 돌쇠의 비위를 거슬렀다간 가만 안 둘 테니 그렇게만 알아."

이렇게 되고보니 어제의 머슴 돌쇠는 오늘 그 집안의 상전으로 군림하게 된 셈이다.

집안 사람이나 마을 사람들은 그 영문을 몰라 궁금했다.

— 어릴 때부터 너무 가혹하게 부려먹어 놔서 죽을 때가 되니 갑자기 불쌍한 생각이 든 것이구나.

기껏 이런 추측밖엔 할 수가 없었는데 그렇다고 치더라도 돌쇠의 태도는 분에 넘치고 도에 넘쳤다.

변한 건 돌쇠에게 대한 태도만이 아니었다. 하루에도 몇 차례씩 집안팎을 드나들며 혀를 끌끌 차곤 잔소리 군소리가 많았던 참봉의 그런 버릇이 없어졌다. 일없이 들이며 마을이며를 돌아다니며 놀고 있는 소작인들을 보면 왜 빈들거리고 있느냐고 성화를 부리고 이곡利穀을 놓은 사람에겐 약속을 어길세라, 만날 때마다 되풀이해서 다짐하던 그런 버릇도 없어졌다.

꼼짝도 하지 않고 사랑마루에 앉아 옮겨 심은 매화나무 쪽에 곁눈질을 하면서 하루를 보내는 것이 참봉의 습관이 되어버렸다.

그 정정한 노인도 나이엔 못 이겨 드디어 망령이 든 모양이라고 쑥덕이면서도 망령 치고는 얌전한 망령이라고 밉지 않게 생각하는 사람들도 나타났다.

소작인과 채무자를 대하는 사람이 성 참봉 아들이 되었고 그 아들의 성품이 아버지보다 훨씬 온유한 편이니 참봉의 망령을 밉지 않게 생각하게끔도 되었다.

그럭저럭 그 해가 가고 봄이 왔다. 성 참봉 앞뜰에 옮겨 심어진 매화나무가 그 뜰에서 처음으로 꽃을 피웠다.

그 꽃은 일견해서도 다른 꽃과는 달랐다. 빛깔도 짙었고 꽃 크기도 달랐다.

간혹 성 참봉을 찾는 사람은 모두들 그 꽃에 관해서 한마디씩 하는 것을 잊지 않았다. 다분히 아첨이 섞인 말들이었지만 그 꽃은 확실히 칭찬받을 만한 특징을 가지고 있었다.

성 참봉은 꽃에 관한 칭찬을 들어도 묵묵부답했다. 원래 화초엔 관심이 적은 사람이기는 했지만 자기 뜰에 있는 꽃의 칭찬을 받으면 약간의 반응이라도 있음직한 일인데 성 참봉은 그런 말을 들을수록 귀찮아하는 눈치를 보였다.

꽃이 지고 열매가 열어 그 열매가 가까스로 익어가려는 무렵이었다. 참봉집에서 끔찍한 사건이 발생했다.

성 참봉 큰아들이 매실주를 담글 요량으로 그 매화 열매를 따고 있었다. 뒷간에 갔다 오다가 이 광경을 본 참봉은 미친 사람처럼 아들에게 달려들었다. 그러곤 다짜고짜로 매화나무에서 아들을 떨게 하려고 밀어냈다.

영문을 알 수 없는 아버지의 행동에 아들은 항거하는 시늉을 했다.

아들의 항거에 부딪치자 참봉은 미친 사람처럼 날뛰었다. 나무에 기대놓은 막대기를 손에 쥐자 참봉은 아들을 향해 머리, 등, 어깨, 허리 할 것 없이 마구 내려 갈겼다.

"이놈, 이 매화를 따? 함부로 따? 그래 애비에게 대들어? 이 불효막심한 놈 같으니."

참봉은 숨을 헐떡거리며 소리소리 질렀다. 그 사이에도 맷손을 멈추지 않았다.

소란 소릴 듣고 사람들이 달려왔을 땐 참봉의 아들은 땅 위에 뻗은 채 기절하고 있었다.

기절한 아들이야 어떻게 되었건 아랑곳없이 참봉은 아들이 따 놓은 매화 열매를 광주리째 변소에 갖다버리고 나무에 남아 있는 열매도 모조리 따가지곤 역시 변소에 버렸다.

성 참봉 아들은 척추가 부러지고 허리뼈에 금이 갔다. 그로부터 반신불수의 몸으로 영영 병석에 눕게 되었다.

참봉이 출입하지 않게 되자 집안 살림을 큰아들이 보살피는 형편이었는데 그 아들이 불수의 몸으로 병석에 눕게 되자 방대한 재산을 관리할 사람이 없어졌다. 작은아들이 있긴 했지만 아직 학교에 다니는 몸이고 중간 심부름을 시키고 있었던 친척이 몇 사람 있었으나 성 참봉은 도통 그 사람들을 신용하지 않았다.

그러니 자연 돌쇠의 비중이 커졌다. 항상 눈앞에 가시처럼 거북스러웠던 주인집 큰아들이 앓고 눕게 되었으니 돌쇠는 강아지 겨드랑에 날개가 돋친 격이 되었다.

돌쇠의 비위만 맞춰놓으면 소작료를 싸게 물어도 되고 이곡의 반환을 늦출 수도 있게 되었으니 이때까진 장난으로 또는 술잔이나 얻어먹는 재미로 오냐오냐 해왔던 것이지만 그로부턴 돌쇠를 대하는 마을 사람들의 태도가 상전을 대하듯 은근하게 된 것도 무리가 아니다.

그러나 돌쇠는 그렇게 호락호락 마을 사람들의 꾐수에 넘어갈 위인은 아니었다. 매일처럼 주막집에 앉아 남산 까마귀, 북산 까마귀 다 불러놓고 술을 퍼마시고 있긴 했어도 참봉집 살림을 관리하는 데 있어선 다구진 데가 있었다.

얼근히 취하면 때론

"성 참봉집 재산은 내 것이나 다를 게 없다."

고 호언하기도 했는데 그것이 사실일 것 같이도 생각되었고 그러니까 돌쇠가 더욱 영악하게 구는 이유가 된 성싶었다.

그러는 가운데 또 한 해가 가고 봄이 왔다. 무럭무럭 자란 그 매화나무는 제법 의젓한 한 그루의 나무가 되었다. 꽃은 작년보다도 더 짙은 빛깔로, 더 큰 화면으로 아직 겨울의 황량함이 가시지 않은 마을에 그윽한 향기를 바람에 실어보냈다.

그 매화꽃이 질 무렵, 아직 열매가 맺기 전 또 하나의 참변이 발생했다.

참봉 부인과 며느리는 영험이 있다고 소문이 난 복술자가 있기만 하면 불원천리하고 점을 치러 다녔었다. 그 점괘마다에 매화나무가 등장했다. 그 매화나무가 있는 한, 성씨집은 편할 날이 없을 것이란 이야기다. 그런데 최근에 친 점에 의하면, 매화나무가 열매를 맺기 전에 그 나무를 없애버리지 않으면 작년에 있었던 큰아들의 봉변 같은 건 유도 안 되는 대사건이 발생한다는 것이었다.

기왕에도 참봉 부인은 그런 점괘가 나왔을 때마다 남편에게 그 나무를 없애자고 종용했었다. 그럴 때마다 참봉은 노발대발했다. 그러곤 매화나무에 누가 접근할까 봐 한결 경계를 엄하게 했다.

그래 참봉 부인은 이번엔 남편에게 알리지 않고 매화나무를 베어 없앨 각오를 단단히 하게 된 것이다. 때마침 작은아들이 방학이라서 집에 와 있었다.

감기 기운이 있다고 해서 참봉이 일찍 자리에 들게 된 어느 날 밤이었다. 참봉 부인은 남편 곁에서 병구완을 한답시고 밤 늦게까지 버티고 앉았다. 기침으로 부인이 신호를 하면 작은아들이 도끼를 들고 매화나무 쪽으로 가게 되어 있었다.

예정대로 작은아들이 매화나무에 다가서서 첫 번째 도끼질을 했을 때였다. 잠든 줄만 알았던 참봉이 벌떡 일어나 문을 차고 밖으로 뛰어나갔다. 부인이 남편을 붙들 사이도 없는 번개 같은 동작이었다. 작은아들은 겁에 질려 그 자리에 웅크리고 앉아버렸다.

어둠 속을 더듬는 참봉의 손에 잡힌 것이 도끼였다. 참봉은 도끼를 휘둘렀다. 도끼 날을 세워 친 것이 아니고 도끼의 측면으로 써 후려 갈겼건만 그 육중한 타박은 작은아들의 두개골을 깨고 말았다. 작은아들은 그 자리에서 즉사했다.

밤중에 생긴 일이고, 본 사람도 없고 했기 때문에 축대 위에서 미끄러져 뇌진탕을 일으켜 죽었다는 명목으로 작은아들의 장사를 치르기는 했으나 성 참봉은 하룻밤 사이에 10년을 늙어버린 듯 노쇠 현상이 두드러지게 눈에 띄게 되었다.

이 일이 있고부턴 성 참봉집은 점점 흉가의 면모를 띠기 시작했다. 청기와 지붕 위에 풀이 돋아나도 그걸 뽑을 사람이 없고, 뽑아야 되겠다고 생각하는 사람도 없었다. 뜰에 잡초가 우거져도 그것을 뽑을 사람도, 뽑게 할 사람도 없었다. 창과 미닫이에 구멍이 뚫어져도 그걸 다시 바를 엄두를 내는 사람이 없었다. 구석마다에 거미줄이 걸리고 마루엔 먼지가 쌓였다. 덩실하게 크기만한 집이 지저분해지면 도깨비가 난다고 한다. 성 참봉집에 도깨비가 난다는 소문이 퍼진 것도 무리가 아니다.

그 해도 가고 다시 봄이 돌아왔다. 성 참봉 큰아들은 병석에서 쇠약해가기만 하는데 매화꽃은 해를 거듭함에 따라 그 요염함이 더해가기만 했다.

그 무렵 참봉의 며느리는 어떤 점술가에게서 최후통첩 같은 선고를 받았다 — 그 나무를 없애지 않으면 당신 남편이 죽는다는.

며느리는 시아버지에게 마지막 소원이라면서 매화나무를 없앨 것을 탄원했다. 당신의 장자, 그리고 지금은 유일한 아들의 생명을 구해달라고 울면서 호소했다. 그러나 참봉의 태도는 바위와 같았다.

"내가 죽는 꼴을 볼 생각이면 저 매화나무에다 손을 대라. 설혹 내가 죽고 없어진 뒤에도 그 나무에 손을 대선 안 된다. 만약 손을 대기만 해봐라, 난 도깨비가 되어 너희들을 저주할 게다. 허무맹랑한 점쟁이의 말은 들어도 시아비의 말은 듣지 않을 텐가. 어림도 없다, 어림도 없어."

그날 밤 며느리는 아들을 살리고 집안을 구하기 위해서 그 매화나무를 없애달라는 유서를 써 놓고 다락방 대들보에 목을 매어 죽었다.

그래도 성 참봉의 매화나무에 대한 집착은 미동도 안 했다. 따라서 그 매화나무는 자꾸만 유명해졌다. 인근 사방에서 담 너머에서나마 그 꽃을 구경하려고 오는 사람이 있을 정도까지 되었다.

그 나무에 성 참봉 선대의 원령이 붙었다는 둥, 성 참봉의 지독한 처사 때문에 희생당한 귀신이 붙었다는 둥, 선산을 잘못 쓴 탓이라는 둥 이야기는 꼬리에 꼬리가 달렸다.

어느 해의 봄이다. 매화꽃은 세사와 구구한 억측에 초연한 듯 그 해는 더욱 아름답고 황홀하고 요염했다. 그러한 어느 날의 오후 성 참봉은 곤히 잠들고, 참봉 대신 돌쇠가 매화나무를 지키고 있었다. 참봉과 돌쇠가 번갈아 매화나무를 지키게 된 것은 점괘마다 그 나무를 없애야 한다고 하더라는 이야기를 부인이 참봉더러 한 때부터였다.

그날도 아침부터 술에 취한 돌쇠가 마루에 걸터앉아 매화꽃을 바라보고 있었을 때였다. 삐걱거리는 대문 소리가 났다. 고개를 돌려보니 창숙이가 가방을 들고 들어오는 것이었다. 창숙이란 성 참봉의 막내딸이다. 이웃 도시에 있는 학교에 다니고 있는데 봄 방학이 돼서 귀가한 것이다.

창숙이의 모습을 보자 돌쇠의 가슴은 울렁거렸다. 엊그저께까지 젖 냄새가 나는 아이로만 보았는데 어느 사이에 성숙한 처녀, 그것도 예쁘기 그지없는 처녀가 되어 있는 것이 아닌가.

'옳지, 저 계집애를 내 마누라로 삼아야겠다.'

돌쇠는 황홀했다. 지금까지 그런 생각을 해보지 않은 스스로를 바보라고 느꼈다.

'됐다. 참봉 어른이 반대할 수 없을 게구, 반대해봤자 내가 우기면 될 게구.'

참봉이 잠이 깨기를 기다려, 쇠뿔은 단김에 빼야 한다는 각오를 단단히 한 돌쇠는 단도직입적으로 시작했다.

"참봉 어른, 저 장가 들어야겠어요."

"장가? 가라문. 그래 적당한 신붓감이 있단 말인가?"

"있지요."

"누군데."

"말하믄 장가 들게 해주시려우?"

"그러지."

"창숙일 저 마누라로 주시오."

"창숙이?"

노인은 무슨 소린지 잘 알아듣지 못하는 시늉을 했다.

"참봉 어른 막내딸 말이유."

노인의 얼굴은 무섭게 이지러졌다. 그리고 뱉는 듯이 말했다.

"안 돼."

"왜요?"

돌쇠의 표정이 굳어졌다.

"하필이면 왜 창숙이야, 창숙이 아니라두 얼마든지 좋은 신붓감이 있을 텐데."

"딴 여잔 싫어요."

"어쨌든 창숙이는 안 되네."

"안 된다구요? 흥, 두고 봅시다. 되는가, 안 되는가. 난 밑져야 본전이니까요. 아까울 것 아무것도 없구, 해볼 대로 해봅시다."

"그렇게 성낼 필요는 없잖은가. 꼭 창숙이 아니면 안 된다는 이유가 어딨어."

"그럼 창숙일 내게 주지 못하겠다는 이유는 뭐지요? 내가 머슴이니까 그렇소? 머슴은 인종이 다른가요? 가만 듣고 있자니 사람을 너무 허술히 보는구먼요. 그러지 맙시다. 나도 인젠 신사라오. 창숙일 준다면 전 지금부터라도 글을 배우겠어요. 주막집에도 안 가구요."

"안 된다면 안 되는 줄 알아!"

노인의 음성은 노기로 해서 부들부들 떨었다. 아무리 생각해도 막내딸을 머슴놈에게 줄 수는 없는 것이었다. 망령이 들었건 정신이 돌았건 딸에게 대한 자정은 있었다.

"그럼 좋소. 마나님께선 저 매화나무를 없애는 것이 소원이니 그걸 없애주는 조건으로 마나님께 삶아 보겠소."

"뭣!"

노인은 새파랗게 질렸다.

"이놈! 막가겠다는 말이로군. 막가면 네게 좋은 일이 있을 것 같애? 나는 죽을 날이 앞으로 얼마 안 남았지만 넌 빌어먹을 팔자밖에 더 될 것이 어딨어. 막가려면 막가봐라 이놈아!"

노쇠했어도 아직 기는 세었다. 참봉은 자기 분에 못 이기는 듯 온몸을 와들와들 떨었다.

"좋아요. 지금 당장이라도 저 매화나무를 파버릴 게요. 전 밑져야 본전이니까요. 지금까지 잘 먹고 잘 논 것만 해도 팔자에 없는 일이지 뭐요. 좋아요 당장이라도 저것을……."

돌쇠는 성큼 일어섰다. 성 참봉이 황급히 따라 일어섰다.

"왜 이러시오, 이 팔을 놓으시오."

"……."

성 참봉의 입술은 꾸물거렸으나 말은 되지 않았다. 중치가 막혀 말이 나오질 않는 것이다.

불길하고 불행한 가운데서라도 일시 조용하기는 했던 성 참봉 집은 이날을 계기로 다시 회오리바람이 휩쓸기 시작했다.

참봉이 부인과 아무런 의논도 없이 돌쇠와 창숙이의 결혼을 선

언해 버린 것이다. 모든 것을 참고 견디어 온 참봉 부인도 이 문제에 있어서만은 일보도 양보할 기색을 보이지 않았다.

"죽었으면 죽었지 이 일만은 안 돼요."

이 소문은 순식간에 인근 마을에 퍼졌다. 사람들은 이 사건의 귀추에 사뭇 흥미를 돋우었다.

그러나 이 사건은 마을 사람들의 기대에 어긋나는 방향으로 끝나버렸다. 어느 날 창숙이가 행방을 감추어버린 것이다.

창숙이는 서울로 왔다.

몰래 보내주는 생활비를 이용해서 타이프를 배워 어떤 회사의 타이피스트가 되었다. 그 직장에서 창숙이는 어떤 청년과 사랑하는 사이가 되었다. 아버지가 돌아가시기 전엔 결혼할 수 없다는 사연을 알리고 먼 장래를 바라보며 그래도 행복한 나날을 보냈다. 하지만 창숙이가 등지고 나온 집안의 일이 검은 구름처럼 그 처녀의 얼굴을 흐리게 했다. 청년은 그러한 창숙이를 더욱 사랑했다. 우수에 물든 젊은 여성의 얼굴은 그 얼굴이 아름다울 때 더욱 매력적인 것이다.

그 뒤 몇 번인가 봄이 오고 봄이 갔다. 성 참봉집 매화나무는 세세연년 꼭같이 아름답게 꽃을 피우고 탐스런 열매를 맺었다. 참봉은 늙어 귀신 같은 몰골이 되었고 돌쇠는 자포자기로 매일 장주에 흉폭한 난행조차 잦았다. 그러던 어느 날 큰아들은 숨졌다.

이 소식을 듣고 창숙은 남몰래 눈물을 흘렸다. 그러나 사랑하는 사람에겐 그 사연을 알리지 않았다.

뒤쫓아 창숙이는 아버지의 부보를 들었다. 창숙이는 사랑하는 청년에게 아버지의 부보를 알리고, 장사가 끝나는 대로 편지할 것이니 그때 내려와서 어머니를 뵙고 결혼 준비를 하라고 이르고는 고향으로 떠났다.

그런데 한 달이 지나고 두 달 석 달이 지나도 창숙에게서의 소식은 없었다. 청년은 거의 매일처럼 편지를 보냈지만 한 장의 회신도 없었다.

변심한 애인! 청년은 몇 번인가 단념하려고 노력해 보았으나 스스로의 생명을 단념하기 전엔 창숙을 단념할 수 없는 자기를 발견할 뿐이었다. 창숙의 고향으로 달려가고 싶은 마음이 간절했지만 하급 사원인 그는 그러한 틈을 만들 수가 없었다.

그가 상사에게 사정을 말하고 창숙의 고향을 찾게 된 것은 창숙이 고향으로 돌아간 1년만의 일이었다.

기차를 두 번 바꿔 타고 버스를 두 번 바꿔 타고 도합 스물 몇 시간이 걸려야 서울서 창숙의 고향에 이른다.

초가을 어느 날 해질 무렵, 저 동산을 넘어서면 창숙이 사는 마을이 있다는 곳에서 자동차를 내렸을 때, 청년은 어느 이국에 온 것 같은 환각을 느꼈다.

길가 주막집에 들러 창숙이의 가정 사정을 대강 물어볼 참이었는데 모두들 그런 질문에 답하길 꺼려하는 눈치여서 청년의 불안은 한층 더 심해졌다.

'만약 결혼을 했다면 내가 불의의 난입자가 되어 평화로운 가

정을 파괴하는 꼴이 되지 않을까?'

청년은 주막집 사람들이 답을 회피할수록 대강의 사정을 미리 알아두어야겠다고 마음을 다짐했다.

어느덧 어둠이 짙었다.

청년은 방을 하나 빌려 들었다. 사방 토벽의 방. 콩알만 한 등잔이 방 한가운데 놓였다.

청년은 술상을 하나 차리게 하고 그 집 바깥주인을 청했다.

"창숙 씬 지금 집에 있습니까?"

"있겠지요."

뭔가를 경계하는 말투다. 청년은 가방에서 담배를 두어 갑 꺼내어 주인 앞에 밀어놓고 다시 물었다.

"창숙 씬 결혼했는가요?"

"결혼하지 않았죠."

"왜 아직 결혼하지 않았을까요?"

"글쎄요."

왜 이곳 사람들은 이처럼 무뚝뚝한지 알 수가 없다고 조바심이 났다. 청년은 꿀꺽꿀꺽 막걸리를 몇 사발 마시고 주인에게도 권했다. 그러곤 넉넉지 않은 여비 가운데서 돈 얼마를 꺼내 주인 손에 쥐어주며 창숙의 가정 사정을 아는대로 말해달라고 간청했다.

중로가 훨씬 넘어보이는 주막집 주인은 얼근하게 취한 탓인지, 담배와 돈을 받은 데 대한 미안함에서였는지 아까까지의 경계하는 태도를 풀고 이렇게 되물었다.

"젊은이는 그 집과 무슨 관계가 있소?"

"전 그 집 따님과 약혼한 사입니다."

주인은 취안으로 청년을 말끄러미 바라보았다. 그러고는 다시 물었다.

"그런데 그 처녀가 지금 어떻게 되어 있는지 아시오?"

"모르니까 궁금하다는 것 아닙니까. 1년을 기다려도 소식이 없기에 이렇게 서울에서 내려온 것 아닙니까."

"그러니까 그 성 참봉집 사정을 전연 모르신다 그 말씀입니까?"

"그렇습니다. 전연 모릅니다. 그저 창숙이란 분과 서울서 만나 친하게 지냈다는 것뿐이지요."

"창숙이, 아니 그 처녀가 혹시 매화나무 이야기를 하지 않습디까?"

"매화나무? 그런 얘기 들은 적이 없는데요. 자기 집 사정 얘기는 전연 없었어요. 다만 자기 집 주소와 아버지가 돌아가시기 전에 결혼할 수 없다는 사정을 알렸을 뿐이죠."

'흠' 하는 표정으로 주막집 주인은 잠깐 동안 망설이는 빛을 보이더니 입을 열었다.

"성 참봉댁은 당대에 천석을 이룬 집이지요. 해방 후, 농지 개혁이 있기 전에 이 근처 농토의 거의 전부가 성 참봉 것이었소. 그런데 그 집이 어떤 사정으로 삽시간에 패가해버렸죠."

"그 얘기를 좀 해주실 수 없어요?"

"이 근처에서 모르는 사람이 없으니까 얘기해드려도 무방하지만."

그러나 뭔지 내키지 않는 듯이 주저주저하는 주인을 청년은 졸랐다.

수수께끼에 싸인 매화나무가 그 인과를 밝힌 날은 아버지의 부보를 듣고 막내딸 창숙이가 옛집을 찾아온 바로 그날이었다.

참봉이 죽자 가장 난처하게 된 것이 돌쇠였다. 그처럼 그를 두둔하던 참봉이 없어진 마당에서 돌쇠는 무슨 징그러운 동물과 같은 취급을 받았다.

아침부터 술을 처먹고

"내가 이 집 주인이다."

하고 떠들어 보았자 누구 하나 거들떠보는 사람이 없었다.

성급한 성 참봉의 친척은

"저놈을 밖으로 내몰아라."

고 호통을 치기조차 했다.

돌쇠는 코웃음을 쳤다.

"흥, 나를 깔봐 봐라, 너의 문중이 성할 건가."

"뭣이 어째? 이 자식."

성씨 문중의 젊은이가 돌쇠의 멱살을 잡았다. 멱살을 잡혀 있으면서도 돌쇠는 고래고래 고함을 질렀다.

"내 말 하나만 떨어지면 느그 일문은 망한단 말이다."

왼손으로 그의 멱살을 잡고 있던 청년은 바른손으로 돌쇠 뺨을

쳤다.

"내 말이 거짓말인 줄 알아? 참봉 어른이 왜 내게 쩔쩔 맸는가 너희들이 모르니까 그렇지, 이놈들!"

돌쇠는 울며불며 발악을 했다.

고인의 장례를 치를 절차는 고사하고 돌쇠와의 아귀다툼이 온 상가를 휩쓸어버렸다.

"할 말이 있으면 해봐라, 이 녀석아."

"저놈을 밖으로 내쫓아라!"

하는 소리가 섞여서 소리가 더했다.

이때 창숙이가 와 닿은 것이다.

창숙이를 보자 돌쇠는 고함을 질렀다.

"나는 이 집 사위다. 참봉 어른이 창숙이가 공부하고 돌아오면 나와 결혼시킨다고 했어. 창숙이헌테 물어봐!"

창숙은 이런 소동은 거들떠보지도 않고 안집으로 들어가 어머니를 부둥켜안고 목놓아 울었다.

돌쇠는 눈을 부릅뜨고 한참 뭔가를 생각하더니 다시 고함을 질렀다.

"좋다, 놔라. 너희들 성씨 일문은 지금부터 망한다. 내가 저 매화나무를 파 드러낼 테다. 거기서 뭣이 나오는가 봐라!"

"파봐라, 이녀석아!"

하는 아우성 소리가 몇 개 걸쳤다. 돌쇠는 헛간으로 달려가 괭이를 들고 나왔다. 그의 눈알은 곤두서 있었다.

그러나 일부에선 말리는 사람이 나섰다. 고인이 임종의 자리에서 매화나무엔 어떤 일이 있어도 손대지 말라는 부탁을 몇 번이고 되풀이한 것을 들은 사람들이다.

하지만 '저 밑에서 뭣이 나오나 봐라.'고 한 돌쇠의 고함이 일반의 호기심을 잔뜩 북돋아놨기 때문에 소수인의 힘으론 돌쇠의 동작을 말릴 길이 없었다.

돌쇠 또한 일단 들었던 괭이를 놓지 못하게 되었다.

돌쇠는 미친 듯이 괭이질을 했다. 드디어 매화나무는 땅 위에 쓰러지고 땅 속 깊이 스며든 뿌리들이 찢긴 생살처럼 노출되기 시작했다.

돌쇠의 괭이질이 계속되자 난데없이 사람의 두개골이 나타났다. 이어 가슴팍뼈, 팔다리뼈가 속속 드러났다. 지켜보던 사람들은 숨을 죽였다.

몇 년이 되었는지는 알 길이 없으나 틀림없이 인간의 해골이 그 매화나무 밑에서 나타난 것이다.

뒤이어 돌쇠는 형색은 허물어졌으나 가죽 가방이라고 짐작이 되는 물건을 꺼냈다. 그리고 돌쇠는 '후유' 하는 한숨과 더불어 그 자리에 쓰러져버렸다. 기진맥진한 탓이다.

급보에 접하고 경찰관이 달려왔다. 경찰관 입회 하에 열린 가방 속에서 무슨 증서 같은 흔적의 물건과 몇 장의 일화 지폐 같은 것과 쇠망치가 나타났다. 그 증거물과 돌쇠의 자백에 의해서 그 해골의 생전 이름이 서익태란 것이 밝혀졌다.

서익태의 백골이 어떻게 해서 성 참봉집 매화나무 밑에서 나타났을까. 실종 신고를 받은 지도 이미 오래된 망각의 먼지 속에 깊숙이 파묻힌 서익태가 어떻게 해서 해골이 되어 어떤 영문으로 성 참봉집 앞뜰에서 나타났을까.

이야기는 20년 가까운 세월을 거슬러 올라가야 한다.

서익태의 부친이 상당한 액의 돈을 성 참봉에게서 빌려쓴 적이 있다. 열 마지기 남짓한 논을 잡히고 고리채를 쓴 것이다. 무슨 장사 밑천을 한다고.

장사는 실패하고 이자는 복리로 쌓였다. 드디어 돈을 갚을 수 없는 서익태의 부친은 잡힌 논을 송두리째 성 참봉에게 빼앗기고 말았다. 그 논은 가뭄을 타지 않고 수해를 입을 걱정도 없는 일등 호답이었다. 그것을 없애고 난 후 익태의 부친은 홧병에 걸려 죽고 말았다. 그때의 유언이, 어떻게 해서라도 그 논을 다시 찾도록 하라는 것이었다. 그 논을 돌이키지 못하면 죽어도 눈을 감을 수 없다고 했다. 저승에 가서도 선조를 대할 면목이 없다고 했다. 그 유언을 받았을 때 익태의 나이는 스물다섯.

익태는 부친의 삼년상을 치르고 난 후 성 참봉을 찾았다. 동리 어른들을 모신 가운데 성 참봉에게 탄원했다. 10년 이내에 복리에 복리를 가한 그 돈을 갚을 테니 그때 그 논을 돌려달라는 탄원이었다.

주위의 권고도 있고 해서 성 참봉은 그렇게 하겠다는 각서를 써주었다. 그 각서를 품속에 넣고 익태는 일본으로 떠났다. 10년 동안은 편지도 안 할 것이니 그리 알라고 가족에게 타이르고는 돈벌이에 나선 것이다.

일본으로 건너간 뒤 익태의 소식은 없었다. 10년이 지나도 없었고 해방이 되어도 소식이 없었다. 기다림에 지친 가족들은 익태가 어디서 죽은 것으로 체념하지 않을 수 없었다. 바로 그 서익태가 성 참봉집 매화나무 밑에서 거의 20년이 지난 뒤 백골이 되어 나타났다.

매화나무 밑에서 나타난 증거를 중심으로 추리를 하면 다음과 같이 된다.

익태는 약속한 기한 내에 소원하던 액수의 돈을 벌었다. 그리곤 고향으로 돌아왔다. 해질 무렵에 등성 너머 자동차길에서 버스를 내렸거나, 버스를 놓치고 4, 50리 되는 읍에서 걸어 마을에 도착한 것이 초저녁쯤 되었거나 했을 것이다.

익태는 고개등에서 감개무량한 느낌으로 마을을 내려다보았다. 집으로 가기 전에 성 참봉집엘 가서 그로 인해 아버지가 홧병으로 돌아가시게 된 논문서를 찾아갈 작정을 했다. 논을 도로 찾지 않고는 집 문턱을 다시 넘지 않으리란 맹서도 한 바 있으니까.

익태는 성 참봉을 찾았다. 그때 성 참봉은 혼자 사랑에 있었다.

익태는 인사를 드리고 약속한 대로 돈을 가지고 왔으니 논문서를 돌려달라고 했음이 분명하다. 그런 말을 하는 가운데, 도중에서 아무도 만나지 않았다는 것과 집에도 들르지 않고 또 사전에 집에 알리지도 않고 바로 참봉 어른을 찾았노라는 이야기를 함으로써 논을 돌려받기 위한 자기의 간절한 마음을 강조했을 것이다.

성 참봉은 순순히 이에 응했다. 자필로써 증서를 써 준 증거로 봐서 그렇게 짐작할 수 있다.

서익태는 가방 속에서 지폐 뭉치를 꺼냈다. 성 참봉은 다락 속에 간직해둔 문서함을 꺼내려고 다락문을 열었다. 그때 우연히 쇠망치가 손에 닿았다. 쇠망치를 쥐어보자 성 참봉의 탐욕이 강력하게 발동하기 시작했다.

방 한구석에 쌓인 매력적인 지폐 뭉치, 아까움이 와락 심해진 일등 호답 열 마지기, 오는 도중 아무도 만나지 않았다고 했겠다, 사전에 집에 알리지도 않았다고 했겠다, 성 참봉의 의식이 전광석화처럼 탐욕을 중핵으로 눈부시게 회전하는 판인데 꾸부리고 앉은 서익태의 뒤통수…… 의식에 앞서 쇠망치가 그 뒤통수를 내리쳤다.

아차, 했을 때는 이미 만사가 끝나 있었다. 익태는 벌써 하나의 시체. 어떻게 처리할까?

성 참봉은 대문을 잠그고 안채로 통하는 중문도 잠그고 부랴부랴 뜰 한 구석을 파기 시작했다.

몇 시간을 그렇게 팠을까. 하여튼 그 시체를 처리할 수 있을 만한 넓이와 깊이로 팠다. 그러곤 성 참봉은 익태의 시체를 업고 나와 이제 막 파놓은 구덩이에다가 넣으려고 했을 때 난데없이 돌쇠가 담을 넘어 들어왔다. 초저녁에 놀러 나갔는가, 주인의 꾸지람이 무서워 대문을 열어달랄 수도 없고 담을 뛰어넘었는데 공교

롭게도 괴상한 장면에 부딪힌 것이다.

참봉은 기겁을 하고 흙더미에 주저앉았다.

돌쇠 역시 기겁을 하고 멈칫 한 발자국 뒤로 물러섰다.

서로의 심장 뛰는 소리가 상대방에게 들릴 정도로 고요하고 숨 가쁜 순간.

그 순간이 지나고 난 뒤, 두 사람 사이에 어떤 밀약이 이루어졌는가는 유치원생의 상상력으로도 충분히 짐작이 가는 일이다.

다만 매화나무를 거기다가 옮겨 심자는 제의를 누가 했는지가 궁금할 뿐이다.

이 사실이 밝혀지자 마을은 벌집 쑤셔놓은 것처럼 되었다. 돌쇠는 즉일로 구속되었다.

아무도 장례를 거들 사람이 없어 성 참봉의 시체는 한달 동안을 방치되었다. 그래 그 냄새가 마을을 휩쓰는 바람에 인부를 사서 거적때기에 둘둘 말아 공동묘지 한구석에 평토장을 했다. 익태 가족들의 시체에 대한 복수를 두려워했기 때문이다.

이 사건은 창숙에게 커다란 충격이었다. 처음엔 기교한 웃음을 간혹 웃고 하는 정도이더니 참봉의 시체가 썩어감에 따라 창숙의 정신은 차츰 허물어져 갔다.

아버지의 장사를 치른 뒤엔 완전한 정신착란증 환자가 되어 그로부터 창숙인 그 기교한 웃음도 거둬버리고 일절 말문을 닫고 말았다. 그리고 자기 방에서 일보도 밖으로 나오지 않게끔 되었다.

주막집 주인에게서 이런 경위를 듣자 청년은 생소한 길인데도 밤중에 성 참봉집을 찾았다. 일순도 주저할 수 없는 심정이었다. 으스름 달빛 아래 참봉집 대문은 굳게 닫혀 있었다.

청년은 담을 뛰어넘어야 했다.

넓은 집 뜰엔 잡초가 우거지고 집 전체가 무슨 귀기 같은 것을 풍겼다. 그러나 청년은 서슴지 않고 안마당으로 들어가 아슴푸레 불빛이 서려 있는 창 앞에 서서 인기척을 했다. 아무런 대꾸도 없었다.

청년은 용기를 내어 창문을 열었다. 문을 열자마자 코를 찌르는 이상한 냄새에 멈칫 하다가 마음을 가다듬은 그의 눈앞에 백발의 노파와 1년 전 헤어졌던 그 모습 그대로의 창숙이가 조상彫像처럼 호롱불을 사이에 두고 앉아 있는 것이 아닌가.

백발의 노파는 창숙의 어머니였다. 어머니의 정신은 말짱했으나 이 돌연한 야반의 손님을 보아도 놀라지 않았다. 너무나 험한 일들을 겪어왔기 때문에 놀라는 감각이 무디어 있었던 것이다.

청년은 어머니에게 자기는 창숙의 약혼자라고 말하고 인사를 드린 후 창숙의 손을 잡았다.

어머니의 정성이리라, 창숙의 얼굴은 맑았고 머리는 곱게 빗겨져 있었고 옷차림도 깨끗했다. 그러나 창숙의 눈은 아무것도 보지 않았고 그 손은 죽은 사람의 손처럼 차가웠다. 흔들어보아도 목상과 같은 반응밖엔 없었다.

통곡을 터뜨리고 청년이 창숙의 이름을 외쳐 불러도 창숙의 얼굴에선 석고상처럼 표정이 돋아나질 않았다.

청년은 그 방에, 발광한 창숙이 곁에 청춘을 묻어놓고 혼이 나간 텅 빈 육체만을 이끌고 서울로 돌아왔다.

이야기를 끝맺자 그 음산한 눈빛을 가진 사나이는 나지막한 목소리로 덧붙였다.

"이래도 지옥이 없어요?"

그러곤 술값의 셈을 했는지 어쨌는지 그림자처럼 그 사나이는 아직 진눈깨비가 내리고 있는 밤 속으로 사라져버렸다.

이 밤이 있은 뒤 지옥이란 관념이 나의 뇌리를 스치든지 지옥이란 말을 듣든지 하면, 황량한 겨울 풍경을 바탕으로 하고 요염하게 꽃을 만발한 한 그루 매화나무가 눈앞에 떠오르곤, 광녀 머리칼처럼 흐트러진 수근樹根의 가닥가닥이 썩어가는 시체를 휘어감고, 그 부식 과정에서 분비되는 액체를 탐람하게 빨아올리는 식물이란 생명의 비적秘蹟이 일폭의 투시화가 되어 그 매화나무의 환상에 겹쳐지는 것이다.

* 출전: 《신동아》, 1966년 3월.

이병주 소설과 문학의 대중성

김종회 문학평론가·경희대 교수

1. 이병주 소설의 대중성이 가진 의미와 가치

이 글은 이병주 소설이 가진 대중성의 의미를 구체적인 작품을 통해 구명究明하는 데 목표가 있다. 문학에 있어서의 대중성이라는 것은 앞선 세대까지 그것이 부정적인 측면을 말하는 것으로 인식되었고, 특히 상업주의 문학의 대두와 더불어 순수문학의 굳은 성채를 위협하는 악성 코드처럼 인식된 시기도 있었다.

세월이 흐르고 시대가 바뀌어서 작가와 독자의 경계가 모호해지고, 본격문학과 통속문학의 경계마저 와해되고 있는 오늘날, 더 이상 대중문학은 문학 논의나 창작 현장에 있어서 공적公敵이 아니다. 그러할 때 비중 있게 고려되어야 할 작가가 바로 이병주다.

문학의 대중성이 이와 같은 시대 및 사회의 변환에 따라 새롭게 평가 받는 부분도 있을 것이나, 그 개념 자체가 당초부터 가지고 있던 장점 또한 결코 가볍지 않다. 예술 작품이 창작자의 손을 떠나 독자·수용자에 이르러 완성되는 것이라면, 독자의 호응을 담보하지 못하는 작품을 상찬할 근거는 언제나 취약하다. 그런 점에서 민족 공동체의 역사 과정이나 당대 사회의 여러 면모를 소설로 발화하면서 건강한 대중성을 확장해온 이병주는 다시 점검하고 탐색해야 할 작가이다. 생존 시에 가장 많은 독자와 교호하고 가장 많은 소설 판매 부수를 기록한 작가가 그였다.

이 글에서는 비단 작가 이병주뿐만이 아니라 대중문학과 대중적 글쓰기가 어떤 문학적 좌표 위에 있는가를 확인하기 위해, '대중 소비 사회와 문학'에 관하여 먼저 그 논리적 토대를 검토해볼 것이다. 그런 연후에 이병주의 탁월한 세 작품 〈망명의 늪〉, 〈철학적 살인〉, 〈매화나무의 인과〉를 대상으로 각기의 소설이 가진 대중적 성격과 그 성취를 살펴보려 한다. 더불어 이들이 가진 공통의 특성을 통해, 이병주 소설의 대중성이 어떤 의미와 가치를 갖는지를 논의하려 한다.

〈망명의 늪〉은 1976년 《한국문학》 9월호에, 〈철학적 살인〉은 같은 해 같은 지면 5월호에 발표되었고, 〈매화나무의 인과〉는 그보다 10년 전인 1966년 《신동아》 3월호에 발표되었다.

2. 대중 소비 사회와 문학

우리는 시대적 환경과 현상이 급속도로 변화하는 세계에서 살고 있다. 우리 삶의 정체성을 고정적으로 또는 명확하게 설명하기 어렵고, 그런 만큼 그에 대응하는 문학에 있어서도 현재적 성격과 진행 방향을 온전히 설명하기가 어려운 형편이다. 이처럼 급변하는 상황을 배경으로 하는 문학의 모습은 과거의 문학, 특히 리얼리즘 시대의 문학이나 예술과는 매우 다를 수밖에 없다. 이를테면 예술의 정의를 두고 리얼리즘을 예술의 건전한 경향[1]이라고 언명하던 시대와 오늘의 경우는 여러 부문에서 현저한 차별성을 나타낸다.

이렇게 서로 다른 두 시기의 문학을 직접적으로 비교하는 것은, 근대의 미학 이론가 N. 하르트만을 전자 매체와 영상 문화의 조명이 휘황한, 또는 예술적 상업주의의 기치가 높이 솟은 저잣거리에 세워놓은 것처럼 어색한 포즈가 될 수밖에 없다. 동시대의 문학은 이미 예술의 대중적·상업적 경향을 나쁘다고만 말할 수 없는 인식의 한복판에 있으며, 때로는 예술의 그러한 경도傾度를 비판하기보다 대중적 상품을 통해 새로운 방식으로 예술성을 추구하고 탐색해야 할 형국을 순순히 받아들여야 할지도 모른다.

물론 그러할 때의 문학이 그 내부의 진정성이나 예술로서의 품

---

1 N. 하르트만, 《미학》, 을유문화사, 전원배 옮김, 1976, 178~179쪽 참조.

격과 가치, 그리고 문학의 본령에 의거한 인간애 및 인간중심주의의 문제를 어떻게 할 것인가는 지속적인 숙제로 남게 된다. 그러나 문학의 대중성과 본격문학의 전통적 과제가 상충하는 시대의 배경 그림은 이미 과거의 편이 아니다.

그 배경의 발생론적 바탕에는 대중 사회, 대중 매체 사회, 후기 산업 사회, 다국적 자본주의 사회 등의 여러 개념과 사조가 연립하거나 연합해 있다. 모든 것의 가치를 재는 잣대가 대중적 수용성을 우선시하고, 심지어 외형으로 드러나지 않는 정신적 깊이까지도 이를 계량하여 수치화하는 행태는 우리 문학에 있어서 어느 날 갑자기 나타난 변종이 아니다.

사용가치가 교환가치로 전화되며 물화된 의식 체계와 경제적 효용성이 강조되는 대중 사회, 대중 소비 시대는, 한국문학에 있어서 그 용어가 1990년 이후에 주로 사용되었을 뿐, 우리가 이전부터 써오던 산업화 시대라는 용어 개념을 순차적으로 이어받고 있다. 이 대중 소비 시대의 본격적인 개막은 우리 삶의 양상을 그 바탕에서부터 바꿔놓았으며, 특히 문학의 입지점에 있어서는 '작품의 상품화'라는 문제를 더 이상 외면할 수 없도록 논의의 표면으로 밀어 올렸다.

마르크스주의 문예비평가 프레드릭 제임슨F. Jameson은 이와 관련하여, 소비 사회가 포스트모더니즘의 문예사조와 그 맥이 상통한다고 보고 〈포스트모더니즘과 소비 사회〉에서 다음과 같이 말하고 있다.

> 포스트모더니즘의 목록에서 찾아볼 수 있는 두 번째 특징은 어떤 중요한 경계나 분리가 소멸된 것이며, 이것은 과거 고급문화와 소위 대중문화 혹은 통속문화 사이에 존재하던 구분이 사라진 것에서 잘 찾아볼 수 있다. 전통적으로 주위의 속물주의와 값싼 것들과 키치, 텔레비전 연속물과 '리더스 다이제스트' 식의 문화에 대항하여 고급 또는 엘리트 문화의 영역을 보존하며, 복잡하고 까다로운 독서, 듣기 그리고 보기 능력을 입문자에게 전달하는 데 관심을 집중해온 학구적 관점에서 보면, 그것은 아마 무엇보다도 고통스러운 발견일 것이다.
>
> 그러나 새로운 포스트모더니즘을 추종하는 많은 사람들은 광고나 모텔들, 라스베이거스의 스트립쇼, 심야쇼와 B급 할리우드 영화, 그리고 공항 대합실에서 구할 수 있는 괴기소설과 로망스, 통속적인 전기·살인·추리소설과 공상과학소설 또는 환상소설 등 소위 주변 문학들로 구성된 그러한 풍경에 매혹당해 있다. 그들은 더 이상 조이스나 구스타프 말러가 그러했듯이, 앞서 말한 텍스트들을 '인용'하는 데서 그치지 않고, 고급 예술과 상업적 형태들 사이에 경계선을 긋기가 곤란할 정도로까지 텍스트들을 통합했다.
>
> Fredric Jameson, *Post-modernism and Consumer Society*, 1983.

제임슨이 통렬히 지적한 바와 같이 소비 사회에 있어서 고급문화·순수문학과 대중문화·통속문학 사이에 설정되어 있던 경계선은 더 이상 지탱하기 어려워졌다. 그래도 제임슨의 경우는 이 경계선의 와해를 비판적으로 검토하는 태도를 취하고 있지만, 레슬리 피들러L. A. Fiedler는 제임슨과는 달리 대중문화의 확산을 적극적으로 선도하려고 했다.

레슬리 피들러의 경우 그 경계선의 사라짐에 대한 현상학적 인식은 제임슨과 동일하나, 그것을 실제적으로 규정하는 시각은 사뭇 다른 방향을 향한다. 다음은 피들러의 글 〈경계를 넘어서, 간격을 좁혀서〉의 한 대목이다.

> 대중 산업 사회-자본주의건 사회주의건 공산주의건 이 점에서는 하등의 차이가 없다-에서 교양인, 다시 말해 특정 사회의 소수 특권층, 우리의 경우 대체로 대학 교육을 받은 계층을 위한 예술과, 비교양인 곧 취향을 길들이지 못하여 구텐베르크적 기술이 부족한 대다수의 소외된 사람들을 위한 또 다른 아류 예술이 존재한다는 생각이야말로 계급적으로 구조화된 사회에서만 가능한 해악스런 구분이 아직 잔존하고 있다는 것의 반증이 된다.
>
> Leslie A. Fiedler, *Cross the Border, Close the Gap*, 1972.

피들러는 소수의 엘리트주의 비평가들이 고급문화와 대중문화의 구분을 고집하고 있을 뿐, 심지어는 고급 예술과 하위 예술도 별개로 존재하는 것이 아니라는 생각을 갖고 있었다.

반모더니즘적 측면에 서서 문학의 상품화를 오히려 부추겼던 피들러는, 1982년에 발표한 〈레슬리 피들러는 누구였는가?〉에서 대중문화의 필연성에 대해서는 이전과 동일한 구조를 유지하고 있으나, 작품을 상품화한 사람들에 대해서는 대단히 과격한 비판을 서슴지 않았다.

> 요즘에는 지식인들이 오히려 생색을 내면서 토론하는 주제가 바로 대중문화이다. 아직 유행이 바뀌기 전인 1950년대에 나는 만화영화 〈슈퍼맨〉을 옹호하는 글을 최초로 발표하면서 이미 그러한 주제를 다룬 바 있다. 하지만 과거나 지금의 나의 동료들과 마찬가지로, 나는 '상품'으로서의 예술 작품을 생산하거나 배포한 사람들에 대해, 그들을 책망하거나 개탄하지 않았던 시절에 대해 부끄러움을 금치 못한다.
>
> Leslie A. Fiedler, *Who was Leslie fiedler?*, 1982.

여기서 피들러의 '책망하거나 개탄하지 않았던 시절에 대한 부끄러움'은, 예술 또는 문학의 영역에 관한 인식을 넘어 문화 산업의 이윤 추구를 위해 벌거벗고 나선 사람들이나 배포한 자들을 올바르게 비판하지 못했다는 자책이다. 누구에게 잘못이 있건 없건 간에 현대 대중 사회의 독자들은 더 이상 고급문화에 지속적인 관심과 존중을 기울이지 않고 있으며, 동시에 대중문화의 저속성에 대해서도 그것이 정도를 지나칠 때 눈살을 찌푸리게 된다는 사실을, 피들러는 스스로의 경험칙을 통해 여실히 증명하고 있다.

이러한 중층적 현상은 피들러가 개탄한 바, 1차 생산자인 작가나 문화 산업의 유통을 담당하는 출판사 등의 태도 변화와 밀접하게 연관되어 있다. 그 중에서도 대중문화의 압도적 위세와 대중성의 발 빠른 확장은, 피들러의 궁극적 우려와 반성적 성찰을 뒤덮을 만큼 막강하다.

책의 출간과 유통에 있어서 개연성의 지경地境을 넓히던 상업주의적 태도는, 이제 창작의 작업실에서도 함께 통용된다. 순수문학의 시각으로 볼 때 비루하고 저속한 세상의 저잣거리에서 발돋움한 통속문학이, 예술의 중간자적인 위치를 자처하며 예술성의 윤색을 도모하는 시대 가운데 우리는 서 있다.

그런가 하면 이 시대의 순수문학, 특히 구체적 담론 체계를 통해 서술되는 소설은 문자 매체를 뛰어넘은 영상 매체의 위력을 실감하고 있다. 그런 만큼 독자들 또한 마셜 맥루헌이 '쿨 미디어'라고 명명한 그 바보상자 앞에서 균형 잡힌 판단력을 방기해 버리는 일의 위험성을 거의 느끼지 못하는 형편인 것이다. 보다 젊은 기계 세대에 있어 영상 매체의 확장이 주체적·능동적 의식 활동을 배제시킨다는 주장은, '문학의 위기'를 넘어서 '문학의 죽음'이라는 레토릭rhetoric, 미사여구에까지 이어져 있다.

이에 대한 처방으로 일부에서 제시된 능동적 참여 및 문화 공간의 확대·심화나, 어떤 경우에도 양도할 수 없는 문학 고유의 기능에 기댄 부활의 논리는, 애써 설명될 수 있으나 흔쾌히 납득

되기는 어렵다.[2]

요컨대 그와 같은 속성의 시대 또는 사회적 문맥 아래 우리가 살고 있으며, 이는 지금껏 우리가 논거한 대중 소비 사회, 대중문화 시대의 환경적 특성을 구성하고 있다. 여기서 살펴보려는 이병주 소설의 대중성 문제에 있어서, 이러한 대목의 인식은 매우 중요하다.

첫째로는 역사 소재 소설과 궤를 달리하는 이병주 소설의 경우, 대체로 그 대중성의 장점을 발양하는 글쓰기의 양식을 갖추고 있으며 그것이 생존 당시 가장 많이 읽히는 작가로서의 면모를 형성한 힘이 있기 때문이다.

둘째로는 역사소설에서 발휘한 것과 같은 작가로서의 준열함이 희석되었을 때, 대중성을 앞세운 문학의 폐단이 직접적으로 드러나는 사례를 목도할 수 있기 때문이다.

대중성은 그것이 가진 여러 가지 문제점이나 취약점에도 불구하고 강력한 대중 동원력을 가지는 장점이 있다. 소설이 궁극적으로 독자와 소통하고 문학 행위로서의 완성이 독자에게 수용됨으로써 완성되는 것이라면, 이 장점을 폄하거나 도외시할 권한은 누구에게도 없다. 이병주는 이 소설적 문맥을 익히 알고 있었던 작가다. 만일 그가 이것을 활용하되 그 단처를 경계하는 절제력

2 이 단락의 여기까지의 내용은 필자의 글 〈대중 소비 사회와 문학의 운명〉(《문학의 숲과 나무》, 민음사, 2002) 중 일부를 발췌, 수정한 것이다.

을 익히고 있었더라면, 현대 대중 사회의 남녀 간 사랑 이야기를 소재로 한 소설들이 우려할 만한 통속성이나 동어반복을 초래하지는 않았을 것이다.

그러한 현상은 어떤 의미에 있어서 《관부연락선》, 《지리산》, 《산하》 등의 역사소설이 금자탑처럼 쌓아 올린 그의 문학적 개가凱歌를 하향 평준화하는 결과를 노정한 셈이기도 했다. 그러나 이는 이병주 문학의 총괄적 형상을 두고 최소공배수의 형식으로 진단하는 논리이고, 대중성의 공약수를 취합하여 그의 소설이 가진 그러한 분야의 미덕을 현저히 보여줄 수 있는 작품 세계는 여전히 만만하지 않다.

역사 소재 소설로서 《바람과 구름과 비》나 현대의 세태소설 《행복어사전》 등이 그러하거니와, 〈예낭 풍물지〉, 〈쥘부채〉, 〈박사상회〉, 〈빈영출〉 등 수발한 중·단편들도 많이 있다. 여기서 대상으로 하는 세 작품 〈망명의 늪〉, 〈철학적 살인〉, 〈매화나무의 인과〉 또한 그와 같은 범주에 있다.

3. 가치 지향적 대중성의 소설적 모형

3-1. 〈망명의 늪〉
: 내면 지향적 삶 의식과 룸펜

〈망명의 늪〉은 이 작품이 발표된 1970년대 중반의 사회 현상을, 그 현상 가운데 집약적인 것을 모두 포괄하고 있는 중편 소설이다. 개발 독재와 산업화의 시대가 가장 우선적으로 내세웠던 경제 성장이 실효를 보이기 시작하고, 그와 더불어 산업화의 배면에 기식하는 부정적 측면들이 구체적 형용을 띠고 현실 속에 나타나기 시작한 때다. 이 사회 현실, 그리고 그것의 소설적 발화를 이끌고 있는 화자 '나'는, 좋은 자질을 갖춘 인물이지만 현실 안착에 실패하여 인생을 망친 고등룸펜이다.

미상불 이병주 소설의 고등룸펜은 〈예낭 풍물지〉나 《행복어사전》 등 여러 작품에 두루 등장하는, 이 작가의 전매특허 같은 존재이지만, 비루한 인생을 영위하는 이 고등룸펜의 눈에 비친 세상이야말로 우등생의 모범 답안에서는 볼 수 없는 깊이 있고 진솔한 모습인지도 모른다.

이를테면 그렇게 하여 거꾸로 보거나 뒤에서 보기가 가능하고, 정면의 객관적 성과에 파묻힌 사태의 진면목이 드러날 수 있다는 뜻이다. '나'의 눈에 비친 또 다른 고등룸펜 '하인립', 인격적 완전주의자의 표본과도 같은 '성유정'은, 이 소설이 아니더라도 이병주 작품 세계의 곳곳에 잠복해 있는 인물들이다. '나'가 '이 군'인 것은 이병주 소설의 기록자 이름이고, 고매한 인격자 '성유정'은 그 이름 그대로 다른 여러 작품에 출연한다.

실패한 사업가가 실패한 이유는 권모술수 없이 순진한 인간적 감성으로 사업에 뛰어들었을 때이다. 기실 작가 자신도 그와 같은 방식의 사업이란 것을 경영한 적이 있다. 물론 실제에 있어서든 소설에 있어서든 그 사업은 성공을 거두지 못한다. 작가는 소설을 쓸 수밖에 없고 소설 속의 '나'는 조락한 인생을 천직으로 받아들인다.

이 간략하고도 처절한 생존 경쟁의 구도는, 이 소설이 발표되던 그 시기에 이미 일반화된 것이었다. 작가는 한편으로 국민의 소득 지수를 높여가는 사회가, 다른 한편으로 그로 인한 명암의 굴곡을 심화할 수밖에 없다는 이율배반적 이치를 목도했다. 그러기에 〈망명의 늪〉은 당대의 실존적 현실에 가장 근접해 있던 작품이다.

'나'와 '성유정'을 잇는 이야기의 중심 줄기 외에, '나'의 룸펜 행각을 뒷받침하는 '두 여자', 곧 지금 부부처럼 살고 있는 술집 여자와 새로운 약속을 만들어 보았던 낙원동 목로술집의 여자는, 이병주 소설의 인생 유전을 반영하고 소설 읽기의 재미를 촉발한다.

그런가 하면 'Y대학의 P 교수'처럼, '그 많았던 하인립 씨의 친구들, 거의 매일 밤 더불어 흥청거리던 하인립 씨의 술친구들'은 예나 지금이나 다름없는 염량세태의 형상이다. 이 대목에 공감하고 이해가 용이한 것은, 우리 모두에게 잠복해 있는 그 저열한 인간적 속성의 한 부분을 이 작가가 예리하게 적출한 까닭에서이다. 성유정의 권유, 새로운 삶을 살아보라는 권유에 대한 '나'의 대답은 이렇다.

> "인간에게 있어서 가장 소중한 것을 짓밟지 않는 한, 돈을 벌지 못한다는 걸 알았어요. 자기의 천국을 만들기 위해 무수한 지옥을 만들어야 한다는 것도 알았어요. 그렇게 해서 돈을 벌어 뭣하겠습니까. 나는 히피처럼 살아가렵니다."
>
> 이병주, 〈망명의 늪〉, 《망명의 늪》, 바이북스, 2015, 68쪽

성유정은, "히피는 해피라나? 히피엔 철학이 있지"라고 응수한다. 이 언표는 매우 중요하다. 히피와 해피를 동일 선상에 둘 수 있다는 인식은 바로 작가의 것이고, 그 히피에 철학이 있다는 궤변적 철학 또는 철학적 궤변은 이병주 소설의 한 지반을 이루기 때문이다.

다음 항에서 살펴볼 소설 〈철학적 살인〉은 이 인식의 구조를 매우 정교하게 그리고 품위 있게 유지한 작품이다. 당대의 시대와 사회상, 인식의 방향이 다른 여러 유형의 인간 군상을 조합하여, 작가는 재미있고 잘 읽히는 소설 한 편을 산출했다. 삶의 질곡에 대응하는 극단적 방식으로서의 현실 도피와 자기 방출, 그것을 매설한 공간 환경의 이름으로 거기에 '망명의 늪'이라 명명

해 두었다.

3-2. 〈철학적 살인〉
: 통상적 인식의 초월과 귀환

〈철학적 살인〉은 어떤 의미에 있어서 살인의 미화를 뜻하는 것으로 보이지만, 보다 더 무거운 뜻은 살인의 절박성, 더 나아가 살인의 당위성에 대한 함의를 다룬 소설이다. 그의 다른 소설 〈그 테러리스트를 위한 만사輓詞〉에 잘 나타난 바, 온전한 테러는 산 사람을 죽이는 '살생'이 아니라 이미 정신이 죽은 자를 죽이는 '살사殺死'라는 논리에 잇대어 설명될 수 있는 개념이다.

이 짧지만 강렬한 단편 〈철학적 살인〉의 배경 역시 1970년대 중반의 경제 성장 시대다. 내면의 자아는 궁핍의 기억에 묶여 있고 삶의 외형은 도회적 부유와 해외 소통으로 확장된, 그 불협화의 언저리에 기대어 있다.

이 소설은 "사랑하는 아내에게 과거가 있었다는 것과 그 과거의 사나이와 아내가 정을 통하고 있다는 사실을 알았을 때, 남편은 어떻게 해야 하는 것일까"라는 의미심장한 전제로 서두를 연다. 소설의 주인공 민태기는 결국 그 과거의 사나이 고광식을 죽인다. 그것도 일시적 충동에 따라 감정적으로 또는 실수로 죽인 것이 아니라, 정확한 살의를 가지고 자신의 철학에 따라 죽인 것이다.

민태기는 재판정의 최후 진술에서도, 정상의 재량을 바라지도 않고 관대한 처분을 바라지도 않는다고 말했다. 민태기의 철학은, 그 두 사람이 진정으로 사랑했다면 모르지만 장난으로 사랑을 유린한 것은 용서할 수 없다는 결론을 도출한다. 그는 전도양양한 자신의 미래를 스스로 버렸다.

소설의 이야기는 흔히 볼 수 있는 애정의 삼각관계에 걸려 있기도 하고, 그 전개가 일견 추리소설적 방식을 닮아 있기도 하여, 사뭇 흥미진진하다. 낮은 자리에서 입신한 민태기와 원래 상류층이었던 고광식의 대립, 그 사이에 있는 아내 김향숙, 그리고 사막의 신기루처럼 떠오른 고급한 삶의 풍광들은, 이 소설이 대중 취향적이며 대중성의 구미를 유발할 수 있는 여러 요소를 갖추고 있음을 말한다.

아내 김향숙의 입지는 수동적 차원을 벗어나지 못하고 있으므로, H. E. 노사크의 표현[3]을 빌어오자면 등장인물로서는 억울한 측면이 없지 않다. 또 그만큼 소설적 상황에 대한 사유의 진폭을 넓히는 기능을 하기도 한다.

그러나 마무리에 이르러 고광식의 아내 한인정의 편지는 다소 당혹스럽다. 민태기는 징역 5년을 선고 받고 복역 중인데, 그 감옥 생활 1년이 지났을 때 미국으로부터 온 편지를 받는다. "인생을 새로 시작할 경우 혹 반려를 구하실 의사가 있으시면 저를 그

3 H. E. 노사크, 《문학과 사회》, 삼성문화문고 64, 윤순호 옮김, 1975, 56쪽 참조.

제일 지원자로 꼽아두십시오"라는 사연이 기록되어 있는 편지다. 이 새로운 상대역의 조합은 살인에 철학을 덧붙이는 강변만큼 읽기에 편안하지 않다.

바로 이 지점이다. 이처럼 어색하고 불편한 이야기를 마침내 납득하고 수긍할 수밖에 없도록 꾸며나가는 소설적 설득력이 이병주의 것이다. 거기에는 이 작가가 생래적으로 타고난 강력한 대중친화력이 숨어 있다.

> 민태기는 그 편지를 볼 때마다 씁쓸한 웃음을 띠지 않을 수 없었다. 시간이 감에 따라 그는 자기가 한 행동이 철학적 살인이기는커녕, 경솔하고 허망한 질투가 저지른 비이성적인 행동이었음을 깨닫게 된 것이다. 그러나 고광식을 죽인 것을 결코 뉘우치진 않았다. 사람은 이성에 따르기보다 감정에 따르는 게 훨씬 더 정직하고 인간적일 수 있다는 신념을 가꾸게도 되었다.
>
> 이병주, 〈철학적 살인〉, 《예낭 풍물지》, 바이북스, 2013, 129쪽

눈앞에 보는 바와 같이 작가 이병주는 이렇게 기민하고 영악하다. 치명적 잘못이 있는 상대방의 목숨을 빼앗고 그것을 충분히 합리화한 다음, 장면을 바꾸어 그 행위가 포괄하고 있는 양면성을 자유롭게 되살리는 담화의 유연함은, 가히 한 시대의 '정신적 대부'라는 명호를 수납할 만한 국량에 해당할 것이다.

〈철학적 살인〉이 가진 또 하나의 비장의 무기는, 그 살인의 정

황을 A 검사나 B 판사의 자기 조회에 그치지 않고 연이어 독자 대중의 자기 점검을 요구하는 데 있다. 이 작가는 소설적 이야기가 독자를 만나는 그 통로의 문맥을 익숙하게 알아차리고 있는 셈이다.

3-3. 〈매화나무의 인과〉
: 인과응보와 비극적 운명론

〈망명의 늪〉이나 〈철학적 살인〉이 작품의 무대를 1970년대 중반으로 하고 그 시기에 발표되었다면, 〈매화나무의 인과〉는 그로부터 10년 전인 1966년 작품이고 이야기는 전근대적 계급 사회의 구조와 변화하는 현대적 동시대 사회를 동시에 가로지르는 동선을 가지고 있다. 소설의 줄거리도 제목이 표상하는 바와 같이 무슨 설화를 바탕에 둔 듯한, 숨겨진 사연을 암시하는 형국이다.

이 소설의 시작은 "지옥이란 있는 것일까, 없는 것일까"라는 전혀 뜬금없는 화두로부터 열린다. 작가의 현학 취미를 과시하듯 박람강기한 '지옥론'이 한동안 계속된 다음, 이야기는 '성 참봉집 매화나무'로 넘어간다.

그러니까 이 작품은 액자소설 형식을 취하고 있다. 표면적 이야기는 '청진동 뒷골목 언제 가도 한산한 대포 술집'에서 진눈깨비가 내리는 밤에 몇 사람의 친구들이 나누는 것이고, 내포적 이야기는 이들의 건너편 자리에 혼자 앉은 사나이로부터 전해들은

'지옥'에 관한 것이다. 매화나무에 얽힌 인과의 숨은 곡절이 지옥도에 다름 아니더라는 말이 된다. 그런데 이 액자의 경계를 넘어 또 시대의 구분을 넘어, 비장秘藏의 과거사를 찾아가는 소설적 기술 또한 추리소설적 대중성과 그 담화의 재미에 일익을 더하고 있다.

그 과거의 이야기는 사람들의 입길로 시작한다. 성 참봉집 매화꽃이 다른 매화꽃보다 크고 열매도 빛깔도 남달랐다는 중론이다. 풀 한 포기가 달라 보여도 그것이 눈에 보이지 않는 미세한 작용을 안고 있는 것인데, 확연히 눈에 띄는 꽃이 그러하다면 거기에 유다른 사연이 없을 수 없다. 본시 성씨 일문의 재실 뜰에 있는 나무를 성 참봉이 그의 집 사랑 앞뜰에 옮겨 심었고, 이를 계기로 참봉의 성벽性癖이 달라지고 천석 거부巨富의 재산에 금이 가기 시작한 것이다. 덩달아 그 집 머슴 돌쇠의 태도도 게으름과 교만으로 돌변한다.

서둘러 답변부터 말하자면, 그 나무를 옮겨 심은 자리에 20년 전 성 참봉이 저지른 살인의 시체가 묻혀 있었다. 돌쇠는 그 매장을 도왔다. 큰 아들은 반신불수, 작은 아들은 즉사, 딸은 광인狂人이 되어버린 패가의 원인 행위에, 순간의 탐욕으로 인한 살인 사건이 있었던 것이다. 이 엄혹하고 잔인한 인과응보의 실상이 화사한 매화나무 아래 매설되어 있으니, 이야기의 박진감과 더불어 소설적 이미지의 대조 역시 하나의 극極을 이루었다.

액자 바깥의 사나이는 "이래도 지옥이 없나요?"라고 반문한다. 이 작가 특유의 현란한 문장으로 장식된 에필로그는 다음과 같다.

> 이 밤이 있은 뒤 지옥이란 관념이 나의 뇌리를 스치든지 지옥이란 말을 듣든지 하면, 황량한 겨울 풍경을 바탕으로 하고 요염하게 꽃을 만발한 한 그루 매화나무가 눈앞에 떠오르곤, 광녀 머리칼처럼 흐트러진 수근樹根의 가닥가닥이 썩어가는 시체를 휘어감고, 그 부식 과정에서 분비되는 액체를 탐람하게 빨아올리는 식물이란 생명의 비적秘蹟이 일폭의 투시화가 되어 그 매화나무의 환상에 겹쳐지는 것이다.
>
> 이병주, 〈매화나무의 인과〉, 《망명의 늪》, 바이북스, 2015, 161쪽

작가의 이 마지막 자작 감상은, 걷잡을 수 없는 비극의 행로와 잔인하기까지 한 식물의 생명력이 한 그루 매화나무에 겹쳐지는 그림, 괴기와 공포 그리고 우주 자연의 냉엄한 운행 이치가 한데 얽힌 그림을 완성한다. 거기에 죄지은 자 반드시 징벌을 받는다는 권선징악의 단순 논리를 넘어, 인간의 구체적 삶에 배어 있는 인과와 운명론의 실상이 소설의 담론으로 제시된 터이다.

김동리가 액자소설로 쓴 〈무녀도〉가 한 폭 비극의 그림이었듯이, 이병주의 액자소설 〈매화나무의 인과〉는 그에 필적할 만한 다른 한 폭의 비극적 그림이다. 전자가 구시대의 세태와 새로운 시대의 문물이 문화 충격을 일으킬 때 발생하는 가족사의 비극을 그

렸다면, 후자는 행세하는 한 집안의 수장이 순간의 탐욕을 절제하지 못하고 저지른 살인과 그로 인한 집안의 궤멸을 추리소설적 기법으로 그렸다. 그런데 이 모골 송연한 담화를 이끌어가면서 겉보기의 이야기를 자연스럽게 풀어두고 마무리에 이르러서야 실상을 드러내는 완급의 조절 기량은, 이 작가가 독자의 따라 읽기 호흡을 아주 능란하게 알아차리고 있다는 근거 중 하나이다.

4. 인간중심주의에 그 맥락을 둔 작품

지금까지 살펴본 〈망명의 늪〉, 〈철학적 살인〉, 〈매화나무의 인과〉 세 작품은 그 한 편 한 편이 수발한 작품이지만, 이들을 공통의 시각으로 묶어볼 수 있게 하는 대중적 특성에 있어서도 여러모로 유사성을 지닌다.

우선 작가가 독자의 글 읽기 흥미를 유발하는 전가보도傳家寶刀로써 소설적 이야기의 극적인 구성은 사실 이 작가에게 오래고도 익숙한 특징에 해당한다. 물론 이야기만 재미있다고 해서 좋은 소설인 것은 아니다. 그러나 오늘날과 같이 소설이 독자의 구미를 북돋우기 어려우며, 작가와 독자 사이의 팽팽한 긴장감이나 감응력이 사라져가는 시대에 있어서, 이 고색창연한 미덕을 앞선 시대의 작가에게서 요연하고 풍성하게 발견할 수 있다는 점이 중요하다.

다음으로 이병주 소설의 도처에 편만해 있는 모티프이지만, 소설적 이야기에 언제나 운명론적 상황을 도입한다는 것이다. 일찍이 비극의 운명론은 아리스토텔레스 이래 인류 예술의 모태를 이루어온 주제이다. 이 작가는 역사 소재의 장편 소설《관부연락선》말미에서, '운명… 이름 아래서만 사람은 죽을 수 있는 것이다'라고 적었다. 그런가 하면 다른 여러 소설들에서 '운명이라는 단어가 등장하면 토론은 종결'이라고도 했다. 그렇다면 그의 '운명'은 실존의 생명 현상이며 토론을 거부하는 완강한 자기 체계를 형성하는 것이다. 하지만 소설의 이야기에 있어서는 이 화소話素를, 유연하고 조화롭게 가상 현실의 삶 속으로 유인한다. 〈망명의 늪〉, 〈철학적 살인〉, 〈매화나무의 인과〉의 세 작품 모두가 그러하다.

그런가 하면, 그의 소설들은 이성적 논의가 날카롭게 빛나고 철학적 토론을 유발할 만한 주제를 부각시키기는 하지만, 그 종착점은 언제나 감성적이며 인본주의적인 지향점을 갖는다. 그를 일러 흔히 문·사·철文·史·哲에 두루 능통한 작가, 특히 역사소설에 있어 한국 근대 정치 상황에 대한 이념적 토론이 가능한 작가라고 지칭한다. 하지만 작가는 인간중심주의에 그 맥락이 이어져 있지 않으면 소설이 소설로서의 보람을 다하지 못한다는 인식에 입각해 있다. 그와 같은 감성적 사유와 행위가 존중받을 수 있는 시대 또는 사회야말로 그의 문학이 꿈꾸는 신세계다. 그 길이 막혀 있거나 인간이나 제도에 의해 외면당할 때 그는 '감옥에 유폐된 황제'를 내세운다. 자신의 감옥 체험을 뜻하기도 하는 이 소설 문법은 〈소설 · 알렉산드리아〉, 〈겨울밤〉 등 여러 곳에서 볼 수 있다.

이 글에서 언급한 세 작품을 중심으로 여기서 예거한 세 항목의 대중적 특성 이외에도, 그에게는 대중성의 견인을 감당한 여러 유형의 비기秘技들이 있다. 그 중 하나가 놀라울 정도의 세계적 견문과 박학다식이다. 이는 상당 부분 작가 스스로의 발걸음으로 이룩한 체험적 기록에 빚지고 있다. 그와 더불어 예문을 통해 잠깐 견문한, 유려하고 수발한 문장의 조력을 덧입고 있다.

그렇게 그는 한 시대를 풍미한 대중적 베스트셀러 작가로 살았다. 현대 사회에 있어서 남녀 간의 애정문제를 다룬 장편 소설들에 이르러서는 절제의 경계와 금도襟度를 넘어간 부분이 없지 않지만, 그는 여전히 우리가 주목하고 학습해야 할 대중문학의 거목이다.

|작가 연보|

1921 3월 16일 경남 하동군 북천면에서 아버지 이세식과 어머니 김수조 사이에서 태어남.

1933 양보공립보통학교 13회 졸업.

1940 진주공립농업학교 27회 졸업.

1943 일본 메이지 대학 전문부 문예과 졸업.

1944 와세다 대학 불문과에 재학 중 학병으로 동원되어 중국 쑤저우蘇州에서 지냄.

1948 진주농과대학과 해인대학(현 경남대학)에서 영어, 불어, 철학을 강의.

1954 문단에 등단하기 전《부산일보》에 소설《내일 없는 그날》연재.

1955 《국제신보》에 입사, 편집국장 및 주필로 언론계에서 활동.

1961 5·16 때 필화사건으로 혁명재판소에서 10년 선고를 받고 복역 중 2년 7개월 후에 출감. 한국외국어대학, 이화여자대학 강사를 역임.

1965 중편 〈소설·알렉산드리아〉를 《세대》에 발표함으로써 문단에 등단.

1966 〈매화나무의 인과〉를 《신동아》에 발표.

1968 〈마술사〉를 《현대문학》에 발표. 《관부연락선》을 《월간중앙》에 연재(1968. 4.~1970. 3.), 작품집 《마술사》(아폴로사) 간행.

1969	〈쥘부채〉를 《세대》에, 〈배신의 강〉을 《부산일보》에 발표.
1970	《망향》을 《새농민》에 연재, 장편 《여인의 백야》(문음사) 간행.
1971	〈패자의 관〉(《정경연구》) 등 중단편을 발표하는 한편, 《화원의 사상》을 《국제신보》, 《언제나 은하를》을 《주간여성》에 연재.
1972	단편 〈변명〉을 《문학사상》에, 중편 〈예낭 풍물지〉를 《세대》에, 〈목격자〉를 《신동아》에 발표. 장편 《지리산》을 《세대》에 연재. 장편 《관부연락선》(신구문화사) 간행. 영문판 〈예낭 풍물지〉, 장편 《망각의 화원》 간행.
1973	수필집 《백지의 유혹》(강남출판사) 간행.
1974	중편 〈겨울밤〉을 《문학사상》에, 〈낙엽〉을 《한국문학》에 발표. 작품집 《예낭 풍물지》 영문판(세대사) 간행.
1976	중편 〈여사록〉을 《현대문학》에, 단편 〈철학적 살인〉과 중편 〈망명의 늪〉을 《한국문학》에 발표, 창작집 《철학적 살인》(한국문학), 《망명의 늪》(서음출판사) 간행.
1977	중편 〈낙엽〉과 〈망명의 늪〉으로 한국문학작가상과 한국창작문학상 수상, 창작집 《삐에로와 국화》(일신서적공사), 수필집 《성-그 빛과 그늘》(서울물결사), 《바람과 구름과 비》(동아일보사) 간행.
1978	중편 〈계절은 그때 끝났다〉, 단편 〈추풍사〉를 《한국문학》에 발표. 《바람과 구름과 비》를 《조선일보》에 연재, 창작집 《낙엽》

	(태창문화사) 간행, 장편 《망향》(경미문화사), 《허상과 장미》(범우사), 《조선일보》에 연재되었던 《미와 진실의 그림자》(대광출판사), 《바람과 구름과 비》(물결출판사) 간행. 수필집 《사랑받는 이브의 초상》(문학예술사), 《허상과 장미》(범우사), 칼럼 《1979년》(세운문화사) 간행.
1979	장편 《황백의 문》을 《신동아》에 연재, 장편 《여인의 백야》(문음사), 《배신의 강》(범우사), 《허망과 진실》(기린원) 간행, 수필집 《사랑을 위한 독백》(회현사), 《바람소리, 발소리, 목소리》(한진출판사) 간행.
1980	중편 〈세우지 않은 비명〉, 단편 〈8월의 사상〉을 《한국문학》에 발표. 작품집 《서울의 천국》(태창문화사), 소설 《코스모스 시첩》(어문각), 《행복어사전》(문학사상사) 간행.
1981	단편 〈피려다 만 꽃〉을 《소설문학》에, 중편 〈거년의 곡〉을 《월간조선》에, 중편 〈허망의 정열〉을 《한국문학》에 발표. 장편 《풍설》(문음사), 《서울 버마재비》(집현전), 《당신의 성좌》(주우) 간행.
1982	단편 〈빈영출〉을 《현대문학》에 발표. 《그해 5월》을 《신동아》에 연재. 작품집 《허망의 정열》(문예출판사), 장편 《무지개 연구》(두레출판사), 《미완의 극》(소설문학사), 《공산주의의 허상과 실상》(신기원사), 수필집 《나 모두 용서하리라》(대덕인쇄사), 《용서합시다》(집현전), 소설 《역성의 풍·화산의 월》(신기원사), 《행복어사전》(문학사상사), 《현대를 살기 위한 사색》(정음사), 《강변 이야

기》(국문) 간행.

1983 중편 〈그 테러리스트를 위한 만사〉를 《한국문학》에, 〈소설 이용구〉와 〈우아한 집념〉을 《문학사상》에, 〈박사상회〉를 《현대문학》에 발표, 작품집 《그 테러리스트를 위한 만사》(홍성사), 고백록 《자아와 세계의 만남》(기린원), 《황백의 문》(동아일보사) 간행.

1984 장편 《비창》을 문예출판사에서 간행, 한국펜문학상 수상, 장편 《그해 5월》(기린원), 《황혼》(기린원), 《여로의 끝》(창작문예사) 간행. 《주간조선》에 연재되었던 역사 기행 《길 따라 발 따라》(행림출판사), 번역집 《불모지대》(신원문화사) 간행.

1985 장편 《니르바나의 꽃》을 《문학사상》에 연재, 장편 《강물이 내 가슴을 쳐도》와 《꽃의 이름을 물었더니》, 《무지개 사냥》(심지출판사), 《샘》(청한), 수필집 《생각을 가다듬고》(정암), 《지리산》(기린원), 《지오콘다의 미소》(신기원사), 《청사에 얽힌 홍사》(원음사), 《악녀를 위하여》(창작예술사), 《산하》(동아일보사), 《무지개 사냥》(문지사) 간행.

1986 〈그들의 향연〉과 〈산무덤〉을 《한국문학》에, 〈어느 익일〉을 《동서문학》에 발표, 《사상의 빛과 그늘》(신기원사) 간행.

1987 장편 《소설 일본제국》(문학생활사), 《운명의 덫》(문예출판사), 《니르바나의 꽃》(행림출판사), 《남과 여-에로스 문화사》(원음사), 《남로당》(청계), 《소설 장자》(문학사상사), 《박사상회》(이조

	출판사), 《허와 실의 인간학》(중앙문화사) 간행.
1988	《유성의 부》(서당) 간행, 대하소설 《그해 5월》을 《신동아》에, 역사소설 《허균》을 《사담》에, 《그를 버린 여인》을 《매일경제신문》에, 문화적 자서전 《잃어버린 시간을 위한 메모》를 《문학정신》에 연재, 《행복한 이브의 초상》(원음사), 《산을 생각한다》(서당), 《황금의 탑》(기린원) 간행.
1989	《민족과 문학》에 《별이 차가운 밤이면》 연재. 장편 《허균》, 《포은 정몽주》, 《유성의 부》(서당), 장편 《내일 없는 그날》(문이당) 간행.
1990	장편 《그를 버린 여인》(서당) 간행, 《꽃이 된 여인의 그늘에서》(서당), 《그대를 위한 종소리》(서당) 간행.
1991	인물 평전 《대통령들의 초상》(서당), 《달빛 서울》(민족과문학사) 간행, 《삼국지》(금호서관) 간행.
1992	《세우지 않은 비명》(서당) 간행. 4월 3일 오후 4시 지병으로 타계. 향년 72세.
1993	《소설 정도전》(큰산), 《타인의 숲》(지성과사상) 간행.
2009	《소설·알렉산드리아》(바이북스) 간행.
2009	중편 《쥘부채》(바이북스) 간행.
2009	단편집 《박사상회|빈영출》(바이북스) 간행.

2010	단편집 《변명》(바이북스) 간행.
2010	수필 《문학을 위한 변명》(바이북스) 간행.
2011	중편 《그 테러리스트를 위한 만사》(바이북스) 간행.
2011	단편집 《마술사|겨울밤》(바이북스) 간행.
2011	《소설·알렉산드리아》 중국어 번역본 《小说·亚历山大》(바이북스) 간행.
2012	수필 《잃어버린 시간을 위한 문학 기행》(바이북스) 간행.
2012	단편집 《패자의 관》(바이북스) 간행.
2012	《소설·알렉산드리아》 영어 번역본 《Alexandria》(바이북스) 간행.
2013	단편집 《예낭 풍물지》(바이북스) 간행.
2013	수필 《스페인 내전의 비극》(바이북스) 간행.
2013	단편집 《예낭 풍물지》 영어 번역본 《The Wind and Landscape of Yenang》(바이북스) 간행.
2014	소설 《여사록》(바이북스) 간행.
2014	수필 《이병주 역사 기행》(바이북스) 간행.

김윤식

서울대학교 국어국문학과와 동 대학원을 졸업했고 1962년 《현대문학》에 〈문학사방법론 서설〉이 추천되어 문단에 발을 들여놓았다. 한국 근대문학에서 근대성의 의미를 실증주의 연구 방법으로 밝히는 데 주력했으며 1920~1930년대의 근대문학과 프롤레타리아문학이 가지는 근대성의 의미를 밝히고자 했다. 1973년 김현과 함께 펴낸 《한국문학사》에서는 기존의 문학사와는 달리 근대문학의 기점을 영·정조 시대까지 소급해 상정함으로써 뜨거운 논쟁을 불러일으키기도 했다. 현대문학신인상, 한국문학작가상, 대한민국문학상, 김환태평론문학상, 팔봉비평문학상, 요산문학상 등을 수상했으며 저서로 《문학사방법론 서설》, 《한국문학사 논고》, 《한국 근대문예비평사 연구》, 《황홀경의 사상》, 《우리 소설을 위한 변명》, 《한국 현대문학비평사론》 등이 있다.

김종회

경희대학교 국어국문학과와 동 대학원을 졸업했고 1988년 《문학사상》을 통해 평단에 나왔다. 김환태평론문학상, 한국문학평론가협회상, 시와시학상, 경희문학상을 수상했으며 2008년에는 평론집 《문학과 예술혼》, 《디아스포라를 넘어서》로 유심작품상, 편운문학상, 김달진문학상을 수상했다. 특히 《디아스포라를 넘어서》는 남북한 문학 및 해외 동포 문학의 의미와 범주, 종교와 문학의 경계, 한국 근대문학의 경계 개념을 함께 분석한 평론집으로 평가받고 있다. 저서로 《한국소설의 낙원의식 연구》, 《위기의 시대와 문학》, 《문학과 전환기의 시대정신》, 《문학의 숲과 나무》, 《문화 통합의 시대와 문학》 등이 있으며 엮은 책으로 《문학과 사회》, 《한국 현대문학 100년 대표 소설 100선 연구》, 《북한 문학의 이해》, 《한민족 문화권의 문학》 등이 있다.